Seba・蝴蝶

Seba・蝴蝶

Seba・蝴蝶

Seba・蝴蝶

蝴蝶館 57

皇蛾

Seba 蝴蝶 ◎ 著

elegantbooks

「哪，我說。」黃娥遞了一杯牛奶給葉彰，「我們結婚也三年了，你覺得……我算是個好妻子嗎？」

葉彰納罕的從報紙裡抬頭，「阿娥，妳在說啥？再也不會有比妳更好的太太了。結婚以來，我一直覺得自己是天下最幸福的人。」他摩挲下巴，「為什麼這麼問？啊，是因為最近太常加班？對不起啦，工作嘛，妳知道的，等忙過這陣，就不會讓妳這麼寂寞了……」

他親了親黃娥的臉頰，露出爽朗陽光的笑容，上班去了。

「是……嗎？」黃娥擦了擦臉頰，陷入嚴重的思考，喃喃自語著，「我也覺得你是個好丈夫……本來。」

坦白說，葉彰是個好男人。個性開朗，認真上進，但又保有閱讀的愛好，使他成為罕見內外兼具，既奮發又有內涵的好男人。

若不是這樣，原本以為自己會終身不婚的黃娥，也不會嫁給他。

其實他們感情一直都很好。雖然婚前追得很辛苦，葉彰婚後也沒有大變樣，一直都是那麼溫柔體貼。而她呢？

捫心自問，她也覺得自己已經善盡了妻子應盡的所有，完全的信賴，卻沒有完全依賴。她是小有名氣的插畫家，工作常常很趕，但她拿出自己的收入，請清潔公司打理家務，親自做飯，也每天用溫柔的笑容面對丈夫。

她給自己這三年的成績打了九十八分。之所以不是滿分……是因為他們還沒有孩子，總要留一點評分的空間。

那天她等到半夜兩點，葉彰才躡手躡腳的回家，一開燈，發現她坐在漆黑一片的客廳嚇得大叫。

「……怎麼等到現在？」他驚魂甫定的問，「不是打電話回來說過，今天會工作到很晚嗎？」

「嗯，只是想跟你聊聊。」她露出溫柔的笑容，上前幫老公脫外套，「哪，阿彰，若是讓你評分，我這樣的太太能評多少？」

「當然是滿分囉。」葉彰笑著坐下，接過黃娥遞過來的茶，滿足的呼一口氣，「一直都這麼可愛溫柔。」

「謝謝你這麼高的評價。」黃娥點了點頭，然後從茶几下掏出一個小瓶子，和一個厚厚的文件信封。

「這是什麼？」葉彰好奇的拿起小瓶子。

「別打開喔，那是濃硫酸，很嗆鼻的。」黃娥溫和的提醒。

葉彰嚇得差點把瓶子給摔了。

「這是你的女朋友……應該說女朋友之一拿來的。」黃娥依舊鎮靜，「不過我說服她放下，而不是潑在我臉上。」她嘆了口氣，「她哭得超慘的……安慰很久才讓她平靜下來。她好像是……哦，今年新進人員，應該是你的部屬吧。」

「……阿娥，妳聽我解釋！」

「我猜你會有很好的解釋……但既然是謊言，我就不想聽了。」她把文件信封推向葉彰，「這是我的答辯。我請徵信社幫我調查了。」

葉彰打開文件信封，裡面滿滿的都是他和外面的女人出入賓館的照片、通聯記錄……甚至連msn的對話都有了！

「其實我也很猶豫，你是個接近完美的男人。我該放棄還是不放棄……我能明白人就是會有缺點，但是這個缺點……」

「太過分了！」葉彰霍然站起，「妳居然叫徵信社調查我！太不信任我了！」然後奪門而出。

黃娥的手停在半空中，啞口無言。怎麼這樣……好好聽我把話說完啊。打手機，他卻關機。傷腦筋，意外的有孩子氣的一面呢。

但還是不能更改出軌的事實啊，還是累犯和慣犯。

嘆了一口氣，她提起皮包。幸好兩個月前，差點被潑硫酸的時候，她就仔細考慮，並且租好房子了。最近更把她的私人物品都已搬過去。

結果，還是沒看男人的眼光嗎？幸好沒生孩子，還在鑑賞期內，不幸中的大幸。

她在茶几上壓了離婚協議書，慎重的簽名用印，然後打開大門，離開。

願賭服輸，這也是沒有辦法的事情。

* * *

第二天早上，她以為不用做早飯就可以賴床，沒想到太天真，被朋友小莉的奪命連環扣吵醒，無奈的答應一起吃午餐。

小莉照慣例先哭訴了丈夫對她的冷淡和獨自育兒的艱辛，然後質問她為什麼要跟葉彰分手。

「妳到底有什麼不滿意的？」小莉眼角含淚，「這麼優秀又知性的丈夫，上進又風趣！根本不像我家那一個……像是頭胖海豹，在家只會盯著電視或電腦螢幕！完全不關心我和孩子，假日只會睡覺，品味又低俗……」

「也是啦，葉彰真的什麼都好。」黃娥托腮思考了一會兒，「唯一的缺點就是花心。」

「那根本不算缺點！」小莉很憤慨，「而且他不是瞞著不讓妳知道嗎？若不是很愛妳怎麼會費心瞞著！……」

黃娥嘆氣，「……其實我覺得你們還滿適合的。反正我已經決定跟他離婚了，妳不妨也跟丈夫離婚，和他在一起算了。他那人心滿好的，應該也會善待妳的孩子。」

「妳在胡說八道什麼啊？」小莉咆哮。

「徵信社有拍到你們一起去賓館的照片喔。」黃娥認真的看著她的好友，「既然如此……」

「妳、妳什麼時候知道的？」小莉的臉慘白了。

「一個月前。」黃娥很坦誠，「所以我說……」

「太過分了！」小莉猛然往桌子用力一拍，眼淚奪眶而出，「妳……太可怕了！太陰險、太恐怖了！這個月還跟我吃了兩次飯！」

「我只是想……」

但小莉沒讓她把話說完，摀著臉奪門而出。

黃娥的手停在半空中，啞口無言。怎麼這樣……好好聽我把話說完啊。……難道你們不能理智一點處理問題，非這麼愛演不可嗎？整個咖啡廳的人都在看她啊。

我只是想要想清楚該怎麼處理而已，能不能繼續忍耐下去。結果很悲哀，再怎麼理智、衡量，她發現真的沒辦法。

她默默的付帳，小莉點的還是特別貴的套餐。

算了。反正已經決定離婚，也承認自己的失敗……應該這樣就沒事了吧？

但世事總是比小說還離奇荒唐，直逼八點檔。當天晚上，小莉就割腕了。但割腕就割腕，還留下遺書，說要對黃娥自殺謝罪。

一時之間，鬧得沸沸揚揚。情勢十二萬分之混亂。葉彰已經先聲淚俱下的跑去她娘家跪和哭，小莉氣若游絲的在病床上鬧著尋死，最後小莉的老公還跑來罵她，說黃娥摧毀了他的家庭。

結果先說和先割腕的先贏，她這個相對冷靜的女人飽受責難。不明白真相的朋友還跑來勸她，最少去看一看小莉，不要因為「誤會」逼死人。

她終於被煩過底限，「割腕割靜脈會死嗎？連自殺的常識都沒有，這種朋友還是不要的好。」

「妳太過分了！」

「……真是夠了。」黃娥忍無可忍，「愛演你們繼續去演，老娘不玩了。」

她火速換了手機號碼，新搬的家又在山區，除了搬家公司，誰也不知道。最後把msn都乾脆的刪除。然後找了一個律師，全權委託離婚的事情。

跟葉彰見了最後一面，卻是在戶政事務所辦手續。他也不得不答應……黃娥手上有徵信社調查來的正本。她很冷靜的請律師轉告，若是葉彰不肯離婚，她就會把這些照片在她個人部落格公開。

就算葉彰不在乎，他的女朋友們卻沒辦法不在乎……誰讓葉彰對人妻特別有愛好。

辦完離婚後，黃娥去一家PUB慶祝。九點多而已，場子還很冷清，十點以後才會有人開始跳舞。

沒想到這家PUB還沒倒，連酒保都是同一個。

「唷，這不是黃娥嗎？」酒保認了一會兒，驚喜的說，「好幾年沒看到妳，妳卻沒變樣啊！幹什麼去了？」然後把一瓶塞了檸檬的可樂娜遞給她。

「當了幾年良家婦女。」黃娥淡淡的笑，「試試看能不能成為賢妻良母，建立神聖的家庭。」

「結果勒？」

「啊啊，當然是失敗了。建立神聖的家庭，不是單方面就辦得到的啊。」她攤手。

「妳要求太苛吧。」酒保幫她點菸。

「家庭是神聖的最後堡壘。若是不能抱著這樣的心態慎重對待，將來的孩子就太可憐了。」黃娥銜著菸懶洋洋的笑。

「照妳的嚴酷標準，人類就滅種了啦。」

「若是隨隨便便的結婚，隨隨便便的生下孩子，隨隨便便的破壞婚姻，隨隨便便的製造不幸……這種種族，還是早早滅亡比較好。」她吐出一口白煙。

「良家婦女不適合妳啦，在夜間飛舞的蛾。」酒保指了指旁邊的牆。

那是一幅很大的皇蛾圖。線條狂暴而昏亂，皇蛾翅上的蛇眼紋繪得栩栩如生，看久了不但覺得恐怖，而且頭昏。

「嘖。畫了好幾年童書插畫，我都快忘記，我也畫得出這種東西。」黃娥欣賞著，「沒賣出去？」

「老闆死都不肯賣啦，」酒保大笑，「明明很多人想買……也不給人換。」

「那就叫他給我錢啊。」黃娥很不滿。

「他才不會給妳。給妳妳就不會來啦。反正妳來都免門票不是嗎？」

「那可不一定。」黃娥笑咪咪的看著自己畫的狂暴皇蛾，「畢竟我也只能生存在黑夜中不是嗎？」

「哈哈哈，PUB很多，又不是只有這一間。」

也是。但也因為她很喜歡這幅畫，才會一直回來吧。果然，再怎麼努力，還是會重蹈覆轍，她是只能生活在黑暗中，狂暴的皇蛾嘛。

不過努力過了，也就算了。

「敬離婚。」她舉了舉可樂娜。

「歡迎回來，皇蛾。」

續一 瘴癘

一九九七年，九月九日。

清醒的時候，無意識的望著日曆。每次注意到年月日，都會有淡淡的訝異和無可奈何。

此時此刻，居然是一九九七年。離婚那天是一九九七年八月十三。

命運總是走在看似不同事實上卻偏離不遠的軌道。

她用力伸了伸懶腰，準備去盥洗。浴室的小窗開著，樹影婆娑，金光斑駁的照亮了洗臉台……落下一小塊陰影。

夢裡的烏鴉飛入現實中了……嗎？

原本闔眼的烏鴉張開眼睛，一眼金黃，一眼白銀，面無表情的看著她。

「……我有拒絕的權力嗎？」黃娥啞然片刻，無奈的問。

「無。」烏鴉冷冷的說，但聲音卻在她腦海裡迴響，而不是聽覺。

這真是命運軌跡最大的偏斜。

黃娥伸手，烏鴉飛入室內，落地漸漸霧化成形，全身著著如羽似絲的輕軟長衣，戴著手套，罩著長紗，只露出金銀雙瞳的眼睛，幾乎一點肌膚都看不到。

戴著黑手套的手搭在黃娥的手上，幾乎沒有重量。「吾乃瘴，毀世之瘴。」

「那您就趕緊去毀滅世界當大魔王。」

「非吾所願。」那雙寒冷又虛無的金銀雙瞳注視著她，「吾惟願永世沉眠。無知螻蟻之輩竟毀吾自封之印！」

「……那也不是我幹的。」黃娥覺得有點疲倦，「推土機和炸藥都不是我所使用，道路計畫也不關我的事情。或許您該去政府機關申請國賠……」

總而言之，那塊大石頭不是我炸的，拜託您不要托完夢就直接跑來。

「力未迨也。」瘴微微惆悵的說，「至此吾已竭盡所能。此地尚可暫且壓抑吾之瘴癘，汝亦略堪侍吾之重任。」

……拜託。我沒有想當什麼代言人之類的神官！

但這位自稱毀世之癉的某種神靈，卻霧化重復烏鴉之身，堂而皇之的住下來。嗜好是吃烤肉，不忌調味料，但拒絕吃蟲或腐肉。

更多的時候，都閉著眼睛在睡覺。

……算了。反正照顧起來不麻煩，連話都很少，她也就算了。

一隻緘默的烏鴉，沉眠遠多於清醒的烏鴉。

大概是見得久了，她拿烏鴉大人當寫生對象，練習已經生澀的油畫。但在重重疊疊的繪畫後，她開始困惑到底在畫什麼。

等畫完以後，她搔了搔頭，默然的看著自己的作品。嘆了一口很長的氣，她默默的訂製了一個梧桐木所製的棲架，棲架旁的小皿中放了幾個竹子的果實。

癉猛然的張開金銀雙瞳，怒視她良久。

最終還是飛到棲架上，仰望著油畫裡漆黑的鳳凰。好一會兒才說，「環渡彼岸者，錯視之，吾之過也。」

「……鳳凰大人，請您說現代中文，也就是白話文，謝謝。」

「吾非鳳，乃被逐之畸穢。」癉愴然的說，「莫污鳳族之名。僅起伏之息，萬籟皆歿……非鳳也。」

……拜託你說中文啊！！

後來住在一起久了，黃娥才把瘴的古文毛病矯正過來，只是稱呼「我」的時候還是自稱「吾」，稱呼「你」的時候還是說「汝」，完全更改不能。

瘴自言是鳳凰一族的畸形兒，光呼吸就能噴出瘴癘，連生母都差點死在他手裡。即使身穿封禁之衣，還是會些微洩漏，終於被放逐到人間。

所居之處，無不瘴癘橫行。

他自己一再的修煉完善封禁之衣，效果卻很短，在一處居住過百年，就會開始疫病大作，動植物無一倖免。

漸漸的，他疲倦了。橫渡到隔海的一個無人島，自我封印在一塊巨石之下，沉眠了很久很久的時間。

當中只短暫的被驚醒幾次，多半都是天災崩毀了一點兒封印，他積蓄力量夠了，就又把自己封印起來，繼續沉眠。

但這次卻是很嚴重的人禍。他沒想到整個巨岩會炸成粉碎，瘴癘擴散過廣之前，剛剛清醒的他竭盡全力將自己變成烏鴉，倉促尋找能暫時壓抑瘴癘之處。

很不巧的，離他最近的安全地點，就是黃娥的家。更不巧的是，黃娥剛好是「橫渡彼岸者」。

他說，等他力量積蓄夠了，就會離開，尋找更無人煙的地方自我封印，不會打擾黃娥太久。

「……也沒聽說有誰死了。」黃娥思考了一會兒，「我說炸了你睡覺的那塊大石頭後，沒聽說有什麼災害。」

「此事吾亦不解。」瘴緘默片刻，「數百年前風災曾毀封印，吾曾暫居鶯歌石，因吾亦受損傷，致使瘴癘微洩……」他垂下眼簾，沉默了一會兒，「死傷無數。此次程度猶烈，何以故……非吾所因，舉目皆有瘴氣？」

哈？我們就生活在瘴氣中？

黃娥想了幾天，沒想出個頭緒，直到有回瘴飛出戶外，看她發動機車，不解的問她為何行使瘴氣之器，才轉頭看排氣管。

一九九七年，空氣污染非常嚴重的時代。工廠林立，公害橫行的時代。大量使用農藥，水源污染的時代。

連遠古畸鳳毀世之瘴都得甘拜下風的大毒物時代。

只是不知道該怎麼解釋給這個古代鳳凰聽。尤其是個……這麼溫柔的遠古神鳥。

一定是，非常喜歡這個世界，喜歡的不得了，才會想盡辦法，甚至自我封印，不斷的沉眠下去，希冀不要傷害任何生物。

「……放心，」黃娥說，「這個時代的生物非常堅強，不會被你傷害到。」她拍了拍肩膀，「跟我去兜風如何？你不是說，我這個橫渡過彼岸的傢伙，可以壓抑你的瘴癘嗎？不用擔心，來吧。」

遲疑了一會兒，化身成烏鴉的瘴，飛到她的肩膀，瞇著眼睛，望著一直不能張望的世界。

就一下，應該可以吧？沉眠的時候，還可以夢見這個鮮豔的森羅萬象。一下下就好。微帶昏黃的晴空，白雲在他不同顏色的眼睛裡不斷的變換飄過。

看起來是那麼美，那樣的美。

續二 支線

晚上八點整，她挽著外套，細肩帶上衣，柔軟的針織長褲，穿著一雙旅狐的黑運動鞋，出現在PUB的門口。

負責蓋章的小弟一頭龐克，對她打招呼，「唷，娥姐，今天這麼早？妳沒帶妳家小黑？」

「什麼小黑，沒禮貌。」黃娥輕輕噴了一聲，「說過了，那是毀瘴大人。」

「對著烏鴉喊大人，我可辦不到。」小弟嘻皮笑臉的在她手背上蓋了個章，「叫小黑多可愛。下次帶來哈，我請牠喝酒。」

「太便宜的酒就免了。」黃娥笑笑，步下樓梯。

這個PUB位於地下室，座位其實不多。反正重要的不是喝酒，而是跳舞。但場子要到十點靠近十一點才會熱起來，所以現在人不多，來的人也多在聊天、調情。

諸般禁錮剛剛鬆弛崩落的時代，生命力和性開放跟公害同等蓬勃的時代。

她坐上吧台慣坐的椅子上，酒保自然而然的接過她的外套和錢包保管，笑著問，「今天烏鴉先生沒有來？」

呵。只帶瘴來幾次，倒是PUB上上下下都喜歡上了。大概養烏鴉很稀奇，金銀雙瞳又更新鮮，而且還愛好喝酒，更是稀奇裡的稀奇。

當然也可能是，沉靜的毀瘴大人，即使是烏鴉之身，還是能引起人類的好感。

「他在睡覺。麻煩你，可樂娜。」她回答。

酒保把塞了一片檸檬的可樂娜遞給她，她仰脖喝了兩口。熟悉的冰涼，熟悉的苦澀和微酸。

「其他調酒也是不錯的，妳就不打算點看看？」酒保有些不滿，「反正妳喝酒是免費的，老闆早就交代過。」

「做人還是不要太過分了，門票和可樂娜都免費已經太好了。」黃娥舉了舉手裡的酒瓶。

酒保搖搖頭，「該說妳什麼好……今天老闆來了。」

「喔。」黃娥又灌了一口，「那個大忙人跑來幹嘛？反正PUB是做娛樂的，又不會倒。」

「因為聽說妳又回來了。」酒保擦拭著酒杯。

黃娥翻了翻白眼。

「老闆說，妳來了又有空的話，就去見見他。」

這傢伙。認識那麼多年，還是個彆扭脾氣。她將可樂娜一飲而盡，「嗯，等會兒見。」

長驅直入到後面的辦公室，差點被新來的攔下，卻被老員工喊住，笑笑的把她讓進去。

這家PUB剛開，她就是第一個客人了。算算也七、八年的事情了。但是認識陶斯，卻是更早之前。陶斯比她大兩歲還三歲，她在溜冰場打工的時候，早就混了個眼熟了。

長久的孽緣。

開了門，她的頭微微痛起來。牆上懸了幾張畫，都是仿作，而且仿得很拙劣，簡直是再創作了。

她知道，當然。因為那些都是她畫的。

面對著電腦頭也不抬的陶斯出聲，「唷，黃娥。」覷了她一眼，「怎麼沒把妳的烏鴉帶來？我很想看看呢。養烏鴉的蛇頭蛾……只有妳才會想養天敵吧？」

「毀瘴大人不是天敵。」她懶得解釋，「這些畫是怎麼回事？我明明賣去舊書攤了吧？」

「從良前，嗯。」陶斯抬頭看她，「明明告訴過妳，妳所有的畫我都願意收購。」

「因為這些畫得很爛，當壁紙都沒價值。」黃娥嘆氣，「還值得一賣的掛在大廳那兒呢！要不你就把那幅皇蛾買下來？」

「買下來妳就不來了。」陶斯笑著斜睨她，「如何？當初我就說過，妳想從良是不可能的。」

「我可不記得曾經墮落煙花過。」黃娥扁眼。

「對啊，為什麼呢？」陶斯沉思，「混冰宮、混溜冰場、混ＰＵＢ，甚至還混過撞球間。能糜爛的不良場所妳都糜爛遍了……難道還期望能出淤泥而不染嗎？」

「孩子，你還不知道什麼叫做真正的糜爛呢。」黃娥點起一根菸，「再說，男朋友和女朋友一大堆的人有立場這麼說嗎？」

陶斯笑咪咪，「我對每一個都是真心的，而且一定好聚好散。」

「多情是雙面刃，傷人必定傷己，就算一開始說得再明白也沒有用。」黃娥吐煙，「陶斯，雖然知道你很愛自虐，卻不知道喜歡到這種地步。」

「啊啦，我早就戒掉自殘的壞習慣啦。看。」他亮出只餘淺痕的手腕。

受不了。「走了。」她站起身。

陶斯在她背後開口，「娥，以前我就說過，我們是同一類的人。別想跟正常人一樣……獲得正常的幸福。結果妳還不是……回到這裡，黑暗中。」

「同類……可能啦。」黃娥把菸扔進菸灰缸。「但我認真試過了，而且幾乎成功。」

如果願意忍耐，或許會成功……吧？其實家居生活真的很不錯，她很喜歡。

「處男又怎麼樣？處女又怎麼樣？」陶斯嘲笑，「妳選擇了一個純潔的對象用純潔的身體去換婚姻，結果又怎麼樣？妳還不如嫁給我呢。」

「你是絕對不可能的。」黃娥回頭看俊美的陶斯，皺緊了眉，「我解雇前夫就是因為他花心。但跟他負心的程度比起來……他也不過是朵酢漿草的小黃花，你可是世界第一的大王花。」

「……妳不要以為我不知道大王花是啥……那可是臭死人的！」陶斯終於發怒了。

離題兼抓不到重點。「你到底喜歡我哪點？」她跟陶斯那群漂亮的男朋友和女朋友比起來就是泥與雲，比較突出的點就是常被誤認成小學老師，氣質還可以。

但陶斯徹底討厭乖寶寶。

「早就說過了呀。」陶斯對她拋了個電眼，「我是妳狂熱忠實的Fans。」

其實我沒有什麼美術天分。黃娥憐憫的看著陶斯。雖然辛辛苦苦的把復興美工念到畢業，也在幫人畫些插畫之類的……但她還是缺乏某種必要性的才能。

她最喜歡的是模仿並且糟蹋某些心愛的畫家，梵谷就被她同人的面目全非，地下有知必定夜夜垂淚，而且會試圖舉槍再次自盡。

可憐的陶斯，關於藝術的部分一定遭遇毫無人道的摧殘和損壞，比電腦壞軌還嚴重。

「知道了，知道了。」黃娥投降，「只要你別再求婚，所有我不滿意的作品都送你，可以吧。」

「我會出錢的！」

「不要侮辱鈔票了，孩子。」黃娥走出去，甩上門。

她會醉心於畫畫，並不是想給別人看。只是創作的癮頭無法解除，找個管道宣洩而已。

這個年代，這個剛剛解除禁錮的二十世紀末，養活自己是很簡單的。只要物質欲望很低，腦筋夠冷靜，那就可以了。

將近十一點，狂熱的音樂幾乎炸開整個PUB，世紀末的祭典。還讓她覺得生活有點意思的部分，踏著混亂的舞步，挑逗或挑釁身邊的男男女女，狂暴的精神面最接近神聖的幸福。

在五光十色煙霧瀰漫，香菸的惡臭和混著體味的淫穢香水中，盡情舞動四肢和旺盛的肉欲……

來吧。像是幾百年前、幾千年前、幾萬年前。那些繞著火堆舞蹈祈求生殖繁衍的初民……來啊。

投火自焚的鱗翅目們。

直到成為灰燼為止。

但她總不是真的成為灰燼的那一個。十二點一到，她就拋下所有的狂熱，擠過吧台拿回自己的外套和錢包，在氣氛最狂野的那一刻離開。

一面騎著機車，她一面輕輕哼著，「Take a key and lock her up, lock her up, lock her up, take a key and lock her up. My fair lady……」

這首歌好像還沒出現在一九九七年吧？還是已經出現了？誰知道。〈倫敦鐵橋垮下來〉倒是很早以前就有了……最少她確定一九九七年前就有了。

「啊，586的電腦上市了嗎？忘了。」黃娥自言自語著，「明天去買一台好了……我還記得怎麼撥接嗎？順便選本書好了……真的，都快忘光了……」

騎了很遠的機車，回到山區的家，其實已經很疲倦了，但瘖卻難得的變化人形，坐在窗邊，看著陽台的曇花，目不轉睛的專注。

雖說被命運鎖鏈了固有的主線任務，但是偶發的支線任務還是挺有意思的不是？

她將那盆曇花捧起，拿到室內，瘖阻止她，黃娥還是充耳不聞的放在瘖的面前。

「放心吧，她會凋謝，是因為曇花只開一夜，不是因為你而枯萎。」

瘖的金銀雙瞳注視了她一會兒，無言的轉到冰清玉潔的曇花上面，眼神溫柔而悲哀，靜靜的看著，卻連花盆都不敢碰一碰。

偶爾玩玩支線任務也不錯。黃娥邊洗澡邊想。「人生」雖然說是個爛遊戲，但還值得再玩一次。

續三 冥風

「……結果妳沒什麼變嘛。」挽著西裝外套的青年苦笑，「還以為經過一段婚姻會有什麼不同。」

「你倒是變很多。如何？脫離玩咖的日子，好好的走人生路？」黃娥遞給他一罐寶健，自己開了一罐。

「總是要面對現實的。」青年說，「小孩都會叫爸爸了。」他不無惆悵的看著來來往往的紅男綠女。

此刻他們坐在PUB門口附近的欄杆，自動販賣機旁。幾年前還是這群年少輕狂中的一份子。

現在想起來卻像是上輩子的事情，模模糊糊。

倒是坐在身邊的黃娥像是一道永恆不變的風景，從年少到現在，依舊相同。比誰都敢玩、玩得兇，卻還是保持那種淡淡的、疏離於外的氣質。

「妳倒是傷心一下啊，當初不是千挑萬選才點頭嫁人的。」青年嘖了一聲，「是誰說永遠不婚的？」

「也要你們給我傷心的時間啊。」黃娥喝著運動飲料，「每一個都一副『如何？早跟妳說過』的樣子，害我只覺得荒謬而不是悲傷。」

「不傷心？」

「傷心啊，超傷心的。做了那麼多努力結果還是如此，傷心透了。唉，我三年寶貴的青春啊，似水流年……」

青年被她逗的笑出來。黃娥就是黃娥，遇到什麼事情都保持超齡的冷靜和理智。

「怎麼我才回來，你就知道了？早就不混了不是？」黃娥偏頭問。

真糟糕哪，這女人。從來不愛化妝，來PUB玩頂多就畫個眼線，光著臉，頭髮嚇死人的長，半夜絕對招不到計程車。

誰會穿運動鞋來舞廳啊真是。

「我聽陶斯說的。」

「還陶斯勒。」黃娥笑，「請你恭恭敬敬的喊一聲王先生。最少在工作場合不要喊綽號。」

「哈哈，職場當然不會啦……他在職場可是很嚴肅的當他的董事長。」

黃娥也笑了。那個雙面的傢伙……聽說從小學就很早熟，是小女生心目中的王子。那個可愛的綽號，就是從卡通小甜甜裡的某個角色來的。

「所以？總不是單純來找我敘舊吧？」黃娥問。

「嗯……還打工嗎？」

「什麼樣的工？你知道我打工的範圍很廣啊。」

「……我現在在房屋仲介工作。有個物件似乎有點麻煩。」

是這種工啊……結果又要重操舊業了。

「我得先去看看。先說了，不一定能解決，我能力有限。」黃娥笑笑。

「好像沒遇過妳不能解決的哩。」青年打趣她。

「那是你沒見過。」黃娥看了看表，「喂，時間不早了，你也趕緊回家吧。時間地點什麼的，傳真到這。」她隨意的在青年的手背上寫了一行電話號碼。

「還是只有傳真號碼啊……幾時也給真正的電話號碼吧？」青年發牢騷。

「都當爸爸的人了，少來。當心老婆也解雇你。」黃娥頂了他一句，轉身步入PUB的台階。

那天她還是十二點就回家，回到家時已經一點多了。但是走入客廳，就看到地上躺著一個昏厥的男人。

屋子被翻得亂七八糟，瘴罕有的化為人形，一身黑衣的他隱在陰影中，只有一雙金銀雙瞳閃閃發光，不知情的人恐怕會嚇出心臟病。

他遲疑了一會兒，還是保持沉默。

黃娥很輕的嘆了口氣，摸了摸那個男人的頸動脈，嗯，還在跳。

瘴終於開口，「是賊也。」

「我知道。」黃娥點頭，撥了一一〇報警。

「非吾所為。」瘴分辯。

「我也知道。」黃娥苦笑。

毀瘴大人大概看到小偷進屋，不知道該如何是好。當然，他可以輕易的將小偷趕出去……但這個太心慈的畸鳳，總是顧慮很多，害怕碰一碰就弄死了人。

真正把這個小偷嚇成這樣的，大概是那個「特別的房間」。

她現在所住的地方，理論上應該是農舍，附近還有荒廢的梯田。只是這個時代農村人口外流得很嚴重，這個成「L」型的小別墅，已經有段時間沒有人住，租金驚人的便宜。

當然，租金太便宜的房子都是有問題的……不過對她實在不算什麼太大的問題，她帶來的「畫」比本來的問題大得多了。

果然，那個在轉角處的「特別房間」，鎖鏈已經被破壞了，打開來人影幢幢……其實也只是幻影而已。

裡頭懸著幾幅畫，雖是水墨，卻不是中國傳統的人物肖像，可以說是她自己胡亂的塗鴉。要說類型……大約比較接近日本的幽靈畫吧。

其實她真沒什麼值得偷的東西，這個房間上鎖只是怕驚嚇到外人而已。

是的，這些畫的模特兒都是鬼。

橫渡過彼岸之後，她的視力變得非常好，好得簡直太過頭了。好到能夠看到應該看不到的東西。

起初只是因為有趣而已……日本的浮世繪流行鬼怪題材，中國卻很奇特的稀少。所以看到比較特別的靈異時，她會掏出素描本打個草稿……大概是愛美之心人皆有之，連死人都不例外。

她往往打完草稿，模特兒就不知不覺的跟她走，等畫完成就了願回輪迴了，比較頑固的就會寄宿在畫中，時不時的攬鏡自照，偶爾還會要求她改得漂亮些。

修改或重畫到滿意了，往往也就乖乖投胎去。

還掛在「特別房間」的，就是比較頑固還不滿意的模特兒們。可能是地利、也可能是數量集中，所以特別容易顯形。

可憐的小偷先生，應該被嚇得夠嗆吧。好不容易逃到客廳，又看到毀瘴大人閃閃發光的金銀雙瞳，腦袋的保險絲終於燒斷了。

等警車和救護車一起駕臨時，她對著擔架上的小偷先生雙手合十，警察先生嚇得貼牆。隱隱約約的虛空發出怪笑，整個房子都在震動，咯咯作響。

草草做完筆錄，就落荒而逃了。

房客。」

看到在棲架上默不作聲的烏鴉，瘴看起來真是緊張極了。

「不是你的關係……」黃娥只能苦笑，「其實是我……和我們家那群不繳房租的房客。」

「汝身有冥風。」瘴終於開口。

「我知道啊，畢竟死過了嘛。」黃娥淡淡的回答。

瘴沉默良久，「吾不日即將啟程。」

「啊，毀瘴大人怕鬼嗎？還是怕我？」黃娥張大眼睛。

「非也！」瘴慌著分辯，「……吾不可久居……於汝有害。」

「拜託，死過的人比較堅固好嗎？」黃娥扁了扁眼，「而且毀瘴大人願意待在我這小破地方，我榮幸都來不及了。正覺得一個人生活很寂寞呢。」

站在棲木上的烏鴉默不作聲。

「搞到這麼晚，月亮都快西沉了，不過還是很美。」黃娥推窗，「想喝一點酒嗎？這樣的夜晚還滿適合小酌一下。」

她在放滿冰塊的杯子裡，倒滿了伏特加。瘴很能喝，一個威士忌杯的伏特加根本就不算什麼。她就不行了，只能少少的喝一點。

他們一面舉首望月。在微帶冥風、忽隱忽現的殘月之下。

續四 曾經

撐著臉打了個呵欠，她百無聊賴的看著電腦。

以為會很高興的……又回到最早的網路時代，重逢那些充滿生命力和墮落詩意的人們。

結果也沒有想像中那麼愉快。

大概就像是瘴把她給說對了，太潔癖結果連皮和肉都洗光了，只剩下潔白的骨骼。居然白癡的把妄想和不滿都棄了個乾淨，只剩下維持最低機能的「人」的反應。

真沒勁。

之前能奮發振作，就是覺得還能跟命運抗衡一下，結果還是回到任務主線，讓她覺得很沒意思。

漆黑的螢幕，雪白的文字。最少這時代的色狼誠實面對自己的欲望，而且很禮貌而狂野的遵照古老的本能，像是鳥類竭力展現華美的羽翼，引誘雌性。而不是用「Ons?」三個字母加一個標點符號的無禮。

她是不討厭這些誠實的色狼，甚至可以說，還挺喜歡他們的。能夠誠實的面對自己的欲望不遮遮掩掩，這些人都比較有趣，而且有著旺盛瘋狂的生命力。會去思考欲望和欲望本身，是潛在的創作者。

但就在千禧年之後，這些人就漸漸絕跡了，可以的話，應該趁這個時候好好的欣賞甚至與之共演……

可她提不起勁來。

脫衣服太麻煩了。再說，她已經自我馴化到完全沒有衝動了。

她又打了個呵欠。難得冬晴了，還在家裡面對黑漆漆的螢幕……真是無聊。轉頭看，變化為人身的瘴躺在她剛買不久的二手貴妃榻，伏在攤開的書本上，睡得很沉。

支線任務還有趣點。

真不愧是和龍並駕齊驅的神靈，即使是畸鳳的瘴也厲害非常。他自言森羅萬象皆有其「道」，簡單說就是有規則。只要掌握規則，理解情感，就能明白語言。

文字，不過是語言的具象化。

所以他根本就不用人教，自己翻了家裡的書，看了幾本，就無比流暢的閱讀起來……問題是，他現在正趴在一本英文版的《小王子》上面熟睡。那是她在舊書攤買太多書，老闆送她的殺必死。

唯恐瘴癘散播的瘴通常都維持烏鴉形態，但是烏鴉想翻書實在很困難，也就只有閱讀的時候，瘴才會恢復人形好翻書。據說尚未被逐之前，他就一直維持人形方便穿上封禁之衣，幾乎沒有現過真身。

無法不負責任的說「我懂」，但略微明白一點點。

記得時間線延伸的彼端，她也非常喜歡睡覺、看書，動畫或漫畫。能沉醉一時就好，不要醒過來。

他動了一下，撐起手肘。黑色的手套從玄色寬大的袖子露出來，垂墜的頭紗露出少許如絲似緞的漆黑長髮，坐起身時，金銀雙瞳還有著迷離的茫然，好一會兒才集中焦距，發現黃娥盯著他看，驚得立刻霧化為鴉，飛到棲架上。

「出門嗎？」黃娥問，並且伸出手。

「啊……嗯。」還沒怎麼清醒的瘴飛到她肩上，等她發動機車才發現不對，「吾不可……」

「安心安心，我們要去的是瘴氣極端濃厚的地方，你那點兒瘴氣根本比不上。」黃娥漫應著。

「PUB？」瘴仰頭看了看微帶昏黃的晴天。黃娥不是解釋過，PUB只有夜晚才開嗎？

他還挺喜歡那個空氣污濁、電光閃爍，音樂詛誕若雷的地方。在那裡他會比較安心一點……那裡的人很能耐受毒物，也有他一直很喜愛的酒。

「西門町。啊，這一年……天橋還沒拆吧。順便去買點舊書……喔，附近還有家賣冰咖啡的咖啡廳。毀瘴大人還沒喝過吧？可惡，他們不給外帶，我們只好上門去喝了。」

「醴也？」

「不是酒……不過我很喜歡。來去試試看吧。」黃娥很感興趣的問，「毀瘴大人為什麼喜歡酒？」

「……吾且居過吳地，被奉為神祇。彼等皆以佳醴禳之，起火造篝，通宵達旦以歡……」瘴的笑聲漸漸蕭索，「……吾不可久居離之，後返僅餘荒蕪。祭壇之下，猶埋佳醴數罈。」

那幾罈祭祀他的酒，大概是邊哭著邊喝完吧？

「不用怕，你已經來到大毒物時代。」黃娥淡淡的笑笑。「人類製造的毒已經比瘴癘厲害太多啦。」

她帶瘴到西門町閒逛，特別去了金萬年大樓。「以前還有冰宮呢……溜冰刀的。」她跟瘴溝通通常是用「想」的，她盡力回想當時的溜冰場和冰刀模樣，「我第一次溜就會了……我運動神經可是很差的。就是這種不正經的東西一學就會……」

「噫！甚不易也！」瘴驚嘆。只靠一片刀片在冰上滑，真的不容易啊。

「國中畢業我還在冰宮打工哩。後來冰宮收起來，我換去樓上的溜輪鞋的繼續打工，那時真辛苦啊，還在附近的彈球間當小妹……沒辦法，我違抗家裡，硬跑去念復興美工夜間部，只好努力自我求生了。」

肩膀上棲息著一隻烏鴉的小姐，興致勃勃的在溜冰場玩了一個鐘頭，然後跑去打撞球，看起來實在有點格格不入。

但黃娥玩得很投入，連瘴都看得津津有味。

「最後一次。」黃娥買了一個蛋捲冰淇淋，跟瘴分著吃，「以後不來了。」

「何以故？」瘴訝異。

「過年我就二十九了。哪，其實現在也超過能玩這些的年紀。年少輕狂須趁早啊……」她呵呵一笑，「但我年輕的時候真的把這些都玩得爛熟了。」

「汝尚年少。」

……鳳凰那種神靈比起來，的確是挺年少的。但在這個時代，已經不是玩這些的年紀了。

但她不想跟瘴解釋彼此不同的時光流逝。這隻自我封印多年的畸鳳，用不著讓他多想不久的將來，不愉快的死別……就鳳凰的時間感而言。

瘴不太喜歡冰淇淋，但對冰滴咖啡讚賞有加。咖啡廳的老闆本來不太樂意讓帶著「寵物」的黃娥進入，但是瘴的金銀雙瞳卻讓老闆嘖嘖稱奇，破例讓他們進去了，發現烏鴉化身的瘴非常喜歡冰滴咖啡，額外奉送了一杯免費的。

瘴應該很開心，非常開心。「吾，甚喜之。」他望著那家有些陳舊的咖啡廳說，「惜吾非祥禽，無福可降……」

原來如此。她就奇怪這家咖啡廳怎麼會存在那麼久……在日新月異的台北市內。

「毀瘴大人，您已降福。」黃娥淡淡的笑了笑。

後來他們在林立的舊書店裡頭，買了一本又厚又重的植物圖鑑，才打道回府。瘴迫不及待的化為人形，抱著書奔到貴妃榻，一頁一頁仔仔細細的翻閱。

等黃娥洗了澡出來，瘴又睡在攤開的植物圖鑑上了。

曾經，曾經非常拚命，意氣風發。因為覺得自己終究會戰勝命運，走向不同的結局。沒想到兜了一大圈，還是回到主線任務。

提不起勁，覺得很煩、消沉。像是一本看過一遍的爛書，被迫再看一次那麼不愉快。

現在又覺得有幹勁了。

我這潔癖到只餘骨骼的傢伙啊……

「月光照過芳香馥郁的桂花，卻也照過荒墳暴露的屍骨。沒有眼珠的白骨，還是可以賞月。」黃娥喃喃著，自嘲的笑了笑。

拿起一席蠶絲被，輕輕的覆蓋在瘴的身上。雖然她知道，鳳凰不會感冒。

續五　梅比斯之環

「啊啊啊啊啊啊啊～」向來冷靜沉著的黃娥發出慘叫，拚命搖動沉重的螢幕，「住口啊白癡！死沙豬死處女膜崇拜者，去死啊去死啊啊啊～」

被她驚醒的瘴抓著書猛然坐起，縮在貴妃榻上。金銀雙瞳睜得大大的，看著幾乎發出金黃鬥氣的黃娥。

她在毫無意義的怒吼之後，突然衝出去，他有些擔心的探頭，發現黃娥忿忿的穿上了輪鞋，在原本作為曬穀場的水泥廣場一遍又一遍的溜著，速度快到恐怕會跌斷脖子。

結果她又衝回來，怒目瞪著電腦螢幕，粗魯的脫掉輪鞋，劈哩啪啦的開始打字，這一打就是一整個早上，然後疲勞的趴在桌子上。

瘴發現自己沒辦法專心看書，每隔幾分鐘就偷偷覷她一眼。

等黃娥蓄滿眼淚的抬起頭，異常沮喪的望著他，「……今天是一九九七年十二月三十一日。」

「知也。」他現在已經學會看日曆了。

「……明明我知道，只要熬過這天不要發脾氣就好了。但我還是發脾氣了。明明知道會引發筆戰，我還是引發了。情色文不文學本來不關我的事情……但那種東西只是色情小說絕對不是文學……我也沒忍住，寫了示範……」

連聰明睿智的畸鳳都沒聽懂她的意思，只能苦笑。

「一九八三年六月十一日，出車禍，喪失一個禮拜的記憶。

一九九三年五月十五日，結婚。

一九九七年八月十三日，離婚。

一九九七年十二月三十一日，因為筆戰和情色文學，開始涉入ＢＢＳ。

一九九八年二月二十六日……

……………………

二零三二年，病歿於榮總。」

黃娥一長串的念下來，緊緊逼著眼淚，「我對自己的事情，尤其是重大轉折點……年月日都記得很清楚。」

瘴緩緩的張大眼睛，「……何以故？」

黃娥平靜了一點兒，微微露出一點苦笑，「其實我也不太清楚……直到最近才整理出一點頭緒。大概，是這樣吧。」

她順手裁了一條紙，轉成一百八十度，兩端黏好，遞給瘴。

環？他先是困惑，然後訝異，「……啊，所以汝為環渡彼岸者。」

「……梅比斯環。我的時間軸出了毛病。死亡後應該回歸輪迴……卻接回一九八三年六月十一日。」黃娥笑了一聲，卻沒有歡意，「原本以為只是巧合，但是……」

這是一個無限的迴圈，在相同的時空不斷的徘徊，重複著相同的大事記。

「……皆同也？」

黃娥搖頭，「若都一樣，我不會到今天才發現。死亡橫渡彼岸的時候，大概燒掉了一些雜質……從那時候到現在，我任何疾病都沒生過。視力甚至過度的好。」

安靜了一會兒，「我不敢想像這次死亡後還會發生什麼變化……若我真在梅比斯之環的時間軸裡。」

瘴沒有作聲。他的出身很離奇，一直都在對抗自己的宿命，沒有什麼心力去知曉其他知識。但他依舊是神鳥鳳凰，幾乎是天生帶著應有的靈慧，所以初見面就知曉黃娥是環渡彼岸者。

一次又一次，一次又一次……沒有開始，沒有結尾……

「前次曾遇吾乎？」瘴開口了。

「沒有。」黃娥輕笑了一下，「大概是支線任務吧……我想雖然是固定的時間軸，但在限度內還有自由……像是命運給我拴的狗鍊，還是有一定程度的長度。只是在必要的大事記上把我硬拽回來而已。」

黃娥的心情惡劣了幾天，但又似乎恢復了平靜。甚至邀瘴共飲賞月。

他遲疑了一會兒，沒有變身為烏鴉，而是以人的形態，悄悄的坐在她對面，頭回解下面紗……沒想到面紗之下還罩著一個連鼻子都遮住的口罩，解下來時，黃娥睜大了眼睛。

瘴的皮膚白皙得接近透明，五官明媚，不負鳳族之美……但他兩頰都烙了看不懂的文字，等於是毀容了。額頭鑲陷著月色寶珠，卻是肉芽包覆固定。

「鎮壓瘴毒，父母親族皆已竭盡所能……」他輕輕撫著頰上的烙印，「只略能壓制。」他撿起桌子上的一把水果刀，突然的插入自己的脖子，血花四濺。

「你做什麼！」黃娥猛然站起。

瘴卻笑笑的拔出刀刃，鮮血回流，傷口恢復如初，僅餘淺疤。水果刀的刃面發黑、產生裂痕，碎得連渣都不剩。

「為環所困，非獨汝矣。」他有點困擾，微微臉紅，「……吾若尋得歸眠之所，卿可隨之。」

用休眠來破除梅比斯環？真的，可以嗎？

不管行不行，毀瘴大人的心意已經很可貴了。

「我很樂意。」黃娥笑了，「不過我的時間軸既然已經是固定的，毀瘴大人也不要太拘束……想來您比較習慣人身吧？這樣喝酒也比較方便呀。」

確然。眼前這個人類不會因他死去。他捧起酒，喝了一口。

久違的清風拂面，他半闔著金銀雙瞳，醺然欲醉。

續六　環之先

太糟糕了。簡直是糟糕透頂。

拿著湯匙的黃娥，看著彎曲的湯匙，默默的想著。居然連彎曲湯匙這種事情都辦得到……糟糕到不能再糟糕。

正在看書的瘴滿臉疑問的看著黃娥，不知道她為什麼拚命瞪著湯匙。現在他在家會把面紗和口罩拿下來了，黃娥的環威力似乎很強，不受他影響。

那把彎曲的湯匙又緩緩的回正了。

「……太糟了。」黃娥放下湯匙，無語望天……卻發現天花板在轉，眼前一黑，非常結實的倒下。

啊勒？

等她緩緩醒轉，睜開眼睛時，瘴緊張的蹲在她旁邊，戴著黑手套的手緊緊抓著膝蓋的袍裾，擔心得不得了。

「……娥君，太亂來！」他的聲音在黃娥腦袋裡迴響，隆隆若雷，「未曾修道行此險事，實在……」

差點又被震昏過去。黃娥捧住腦袋。「哈哈，只是……想知道橫渡彼岸之後還有什麼多餘的變化……」

「若戮力修道，可登仙籍也未可知……」瘴皺著眉。

「別鬧了，我才不想登什麼仙籍。在這幾十年裡頭打轉還不夠慘嗎？」黃娥扶額。

「世俗人皆企望超凡入聖、得道升仙，然也？」瘴訝異。

「才不是，我才不想。」黃娥嗤之以鼻，「自找受罪啊，拜託……那又不是我真正的願望。」

「何為汝願？」瘴倒是提起興趣。

「戀愛、結婚、生子，守護住家庭，小孩子都能自立而且堂堂正正。老的時候可以跟丈夫牽手散步。」黃娥斬釘截鐵的回答。

完全出乎意料之外，平凡到簡直不適合黃娥的願望。

「……你的表情完全說明了你現在在想什麼，毀瘴大人。」黃娥扁眼了，「若不是還抱著這種不適合的願望，我怎麼會跑去結婚啊？」

雖然她在給自己畫自畫像時，畫出來的不是人，而是一隻狂暴的皇蛾……當時還沒察覺身在環中的她，還是竭盡所能的努力過了。

當一個受盡老與病折磨而死的倒楣鬼，死後再清醒，發現自己回到少女時代，雖然糊裡糊塗，卻也欣喜若狂。

那麼的年輕，充滿生命力，還有無限可能。甚至健康得過了頭，近視不藥而癒，看得到靈異也只是小小副作用，連青春痘都沒冒半顆，根本不知道啥是感冒。

一切都來得及，可以隨心所欲的生活了。

「因為我活過一次了，所以生存實在不是什麼大問題。」黃娥聳肩，「國中畢業我大鬧了一場，超痛快的……那些欺負我的傢伙表情真好笑。我在黑板上寫了『永不再見了混帳王八蛋們』，站在講台上把所有的人都痛罵一頓，還打斷了一根掃把……

因為只是群膽子很小的小屁孩。

「離家出走也很順利，雖然沒有美術天分，我還是去念了復興美工夜間部。」

雖然念了五年才畢業。

「還有啊，上一次的少女時代，我老糾結在自卑感上面，覺得自己醜翻了。但是呢，毀瘴大人，所謂的『美』是很模糊也很容易影響的概念。經過老與病的折磨，我剛回少女時代的時間點，覺得自己簡直美呆了。自卑個屁啊混帳。結果身邊的人就被影響了……」

坦白說，眼前都是些小屁孩，腦袋沒貨，心眼又淺。真不懂上一次的少女時期怎麼能過得那麼陰暗和晦澀。

很多事情只要冷靜下來，謀定而後動就能解決了。少女時代的她雖然不是美人，但氣質還不壞啊，標準乖寶寶型的文藝少女。

在她看來沒什麼的不良場所打工，顯得很突兀也很特別。剛好跟濃妝豔抹裝大人的其他女孩子做了很好的市場區隔。而她也實在很難對這些小鬼產生什麼臉紅心跳的化學反應……反而這樣落落大方到簡直有些輕視的態度，讓她交到很多豬朋狗友。

如果一直保持那種心態生活下去，說不定還比較幸福一點。

只是能玩的都玩過了，靠著諸樣打工也過上了經濟無虞的生活……她雖然缺乏美術天分，卻意外的能解決靈異事件。當時大量出現、粗製濫造的童書，願意找她畫插畫……出版社需要的是擅長溝通，水準中等的商品，而不是藝術品。

但她自以為掌握了新的人生，藏在內心深處的願望就悄悄的冒頭。剛好看似完美的葉彰就出現在她面前。

謹慎觀察交往了三年，又結婚了三年，事實證明她百分之百的努力只是百分之百的丟進水裡。

更讓她受打擊的是，根本就和上次的主線任務沒有太大的差異，大事記沒有任何偏差。

她就陷身在梅比斯之環中。

「……之前沒有發覺，所以沒有去發現到底橫渡彼岸有什麼重大影響……只覺得健康得過分。結果……」黃娥拿起湯匙，很憂鬱的嘆口氣，「我不敢想像這一次的橫渡彼岸還會多些什麼……」

「此為……進化？」一直靜靜聽著的瘴小心翼翼的回答，「冥風原可淨化陰暗或渣滓……」

「我不要進化。」黃娥疲倦的摀住臉，「在無盡循環的時間軸進化有什麼用處……毀瘴大人，我已經對什麼都沒有興趣了。」

「……其不知足也，莫若此甚！」瘴突然發怒，「夏蟲不可語冰！」匆匆戴上口罩和面紗，霧化為鴉，就飛出窗外。

半天後才在後院的樹上找到他……很顯眼。因為他棲息的那根樹枝，所有的葉子都凋萎了，地上許多落葉。

「……比慘沒有意義啊，毀瘴大人。」黃娥聲音有些疲倦的說，然後伸出手。

「哼！」瘴憤怒的別開頭。

「還可以沐浴在白日晴空之下，其實我該知足了，對嗎？」

瘴沉默良久，才緩緩飛下來，霧化成人形，黑手套輕輕的搭在她手上，幾乎沒有重量。

他握得緊一些，抬頭。原本凋萎的樹枝，漸漸恢復翠綠。區區人類的環之力比他還強。

「至、至少，吾願隨汝之環而行。」癉垂下眼簾。

不可能的吧？黃娥臉垮了下來。毀癉大人的時間軸要出現相同的錯誤，怎麼可能啊？

不過也不是不能了解他的心情……只有在她身邊才能毫無痛苦和壓力的仰望天空。

說不定支線任務能出現不同結局，破除這個梅比斯之環。試試看也無妨……反正距離她的歿日還有幾十年的時光。

「您別生氣了，我知錯了。」她先低頭。

癉沒有回話，只是默默的拿下面紗和口罩，想盡量繃緊臉，卻微微的彎了彎嘴角。

續七　未絕之筆

「啊，出現了。」嚼著營養口糧當晚餐的黃娥含含糊糊的說，「買我一晚兩萬塊的白癡。」目光無甚焦距的看著電腦螢幕的水球，喝了一口咖啡。「這也算大事記？命運的標準到底在哪啊……」

「……時間何以購之？」璋從書本裡抬頭，睜大眼睛。

「呃……」黃娥搔了搔頭，「簡單說就是，他願意為了跟我睡……唔，說交尾你比較能了解吧……喔，有個白癡為了想跟我交尾，願意付出兩萬塊新台幣。」

璋認真的掐算了一會兒，現在他略微了解現在的世間了……除了看書，他還看電視。「噫！已超標準月資矣！」他盯著黃娥猛看，想看出是否有這麼高的價值。

完全被看扁了啊喂。

黃娥轉頭看璋，「毀璋大人，你交過尾了沒有？鳳族會為了交尾付錢嗎？」

瘴一整個狼狽，臉孔通紅兼氣急敗壞，發出尖銳的鳴聲，這大概是鳳族的母語吧……誰聽得懂啊？

「絕無此事！」好不容易他才稍微冷靜點，「況、況且……不言吾年尚幼，畸穢若此，怎能有、有交尾……」

「其實你不用認真回答啊。」黃娥懶洋洋的拿起一片營養口糧，「反正我只是想欺負你一下。」

「……娥君！」瘴的臉孔紅得要發紫了。

欺負他還挺好玩的，黃娥笑了起來。雖然還很憂鬱，但沒那麼憂鬱了。所以她閒聊似的解釋了為什麼有人願意丟水球或寫站內信高價購買一個連面都沒見過的女人。

「因為我算是……『名女人』吧？在性板打筆仗夠凶狠，而且還寫過情色小說……雖然只有一篇。哪，算是能引起男人的好奇心吧，就會想交尾看看。」

「……趣否？」瘴坐到她的身邊，張望著黑底白字的螢幕。

「喔，欺負人挺有趣的。」黃娥撐著臉頰，「板規規定不能罵髒話，所以罵髒話的人就輸了。但這些人都不夠冷靜，略微撥逗，就會自犯板規啦。像是……覺得對方腦袋的主要組成大約是××，直接說就犯板規了。轉個說法，『為您奇特的思路感到擔憂，或許推薦精神科醫生給您比較好。若是需要泌尿科亦可，請私信連絡。』對方就會罵髒話自動出局了……」

瘴沒有專心聽，思索著黃娥的ID。Korosu。

「那不是英文啦。」黃娥起身，「是日文的『殺』。」然後去煮咖啡了。

瘴喜歡喝咖啡，加一點白蘭地更喜歡。這種嗜好其實挺奇怪，她喝不慣，但會特別幫瘴煮一杯。

等端著咖啡回來時，這個靈慧睿智的畸鳳已經學會怎麼使用指令，將Korosu的文章都找出來。

不好。

「沒什麼好看的，你的咖啡……」黃娥誘哄著，但瘴的金銀雙瞳轉過來，閃閃發光。

非常不好。

「甚……甚……好、好看。」瘴罕有的抓著她的手。

這孩子終於會說白話文了……但這不是重點。「交尾的小說沒什麼好看的。」

「別、別的。不交尾一定，呃，更、更好看。」瘴抓得更緊。

說白話文就結巴啊……就算結巴也想說嗎?!

「不要啦！很累！我拒絕！」黃娥兇起來。

瘴美麗的金銀雙瞳，晶瑩的淚水打轉，哀求的看著她。

無視無視，一步踏錯，萬劫不復。絕對不要，寫什麼鬼小說，找自滅亡嘛這是……說起來神鳥看人類的書本來就是邪道，為什麼我得寫小說將他更往邪道推啊拜託……

「夠了！不要再這樣看我了！」黃娥大叫，「我寫就是了！聽好啊，就只有這一部喔！絕對絕對不會有新的！」

瘴眼睛發亮的拚命點頭。

「喔，討厭死了……」黃娥發牢騷。

她寫小說有很多怪癖。譬如說，一定要在BBS上寫，一定要使用漢音輸入法。這是死都改不掉的壞習慣……雖說已經死過一次了。

但還是沒改掉這些致命的壞習慣！

所以她心情很壞的轉到小說板，花了七天的時間，幾乎沒什麼闔眼的寫完一部靈異小說，「……家裡沒有印表機，你自己來看吧。」

然後爬到貴妃榻睡死過去，一睡就睡足了十二個鐘頭。睡醒覺得全身滋滋滋的發痛，尤其是腰。內臟像是被掏空般空虛，發軟、頭痛。

瘴居然還在電腦前面，而且在拭淚。

「沒有那麼感人吧。」黃娥扁眼。

瘴淚流滿面的看著她，形狀優美的唇還微微發抖。

吼～夠了！「假的！那都是虛構的！」

「吾知也……」侷促的低頭，「吾乃……乃雄鳳……非雌凰……」

「我會不知道嗎?!」黃娥有點抓狂，「聽好啊，我只是順手把我自己和你當文本抓進去，然後把遇到的一些靈異事件整理一下而已！把你的性別更改為女性，是因為我已經不會寫愛情小說了，為了避免讀者不當的期待，所以只好這樣了啊！完完全全是虛構的！」

吼完黃娥抱著腦袋發疼。壓榨腦力過甚，睡太久又發脾氣，果然很傷。她有氣無力的爬進浴室洗澡，泡了好久才覺得沒那麼痛。

等她洗好吹乾頭髮出來，瘴居然還在看。

「你要看幾遍啊?!」她氣得拔電源。

好幾天，她都沒把電源線插回去，心情很差的畫畫。因為油畫什麼的都太麻煩了，她畫了幾天水墨畫……但七情上面的瘴，明明白白的在臉上寫了「不忍卒睹」四個字。

忍無可忍，她跑去拆那幅黑鳳，瘴慌忙阻止她。

「反正畫得很差，乾脆扔掉好啦！」黃娥怒火中燒。

「吾甚喜也，莫棄！」

搶到最後，兩個人（？）都很疲倦。

「汝畫雖稚拙，亦可撼動心弦……但較之汝文，宛若泥雲！如沐春風甘露滌之……」

「不是！」黃娥大聲了，僵了一會兒，聲音柔和了些，「不是的。我寫的小說沒有什麼……只是很剛好，非常剛好的能夠撼動心裡有洞的人。心靈的縫隙越大，感動越深。就好像是某一種咒語發動條件滿足了，寫什麼根本無關緊要。但是這種咒語是有抗藥性的……

「現在你覺得好，那是因為只有一部。如果有十部、百部，就會發現其實都差不多。我在上次的時間軸已經寫了幾十年了，我很明白。而且這種『咒語』……我已經不能了。」

她的神情漸漸蕭索，「死過以後，我已經寫不出『愛情』了。因為我沒有需求了。寫作，根本就沒有什麼好的！只是封印感情、削減靈魂而已！……」

瘴緊緊握著她的手，金銀雙瞳強忍著淚光。

糟糕透了，簡直是糟糕透頂。

若是上次的時間軸遇到瘴，她恐怕會欣喜到發狂，臉紅心跳，悄悄的萌芽「憧憬」，所有女人應該會發生的酸甜化學反應。

沒有，感覺。什麼感覺，也沒有。只覺得透過手套，他的手很溫暖，覺得他的心太軟，難怪會自我封印睡那麼多年。

除了一點憐憫和無奈，什麼情愫，都沒有。

第二次的時間軸就這樣，真不敢想像第三次、第四次，她會變成什麼樣子……還會損失什麼，會不會最後完全喪失人類所有情感。

到時候，該怎麼辦？

不，不要再想了。想那些是沒有用的，對現況沒有幫助，只是愁眉苦臉的過每一天而已。

哭是很煩、很不理智的事情。不如笑笑的過每一天，對健康還比較有幫助。

最少現在看著毀瘴大人流淚時，還有憐憫的感覺，想替他做些什麼的感覺。這很珍貴……誰也不知道下一次的時間軸能不能還保留這種情感。

「我都沒哭了，你哭什麼呀，毀瘴大人？」黃娥幫他擦眼淚，「是我不好，不該亂發脾氣。對不起對不起……」

瘴搖頭，泣不成聲。

傷腦筋，愛哭的畸鳳啊……

「好吧。」黃娥別開頭，「偶爾心情好的時候，我就隨便寫些餵你好了，不要太指望啊。」

後來黃娥把電源線插回去了，幾天沒上，信箱爆滿。毫不意外的在當中看到大事記應有的幾封信。

只是上次的時間軸，她還異常謙卑的把自己擺得很低很低。這次趾高氣昂的獅子大開口，要了百分之十五的版稅，最後百分之十三成交。

一九九八年二月二十六日，她的第一本書簽約了。結果還是在環內啊……

其實拒絕也可以，她也想過。但毀瘴大人不太喜歡電腦，相反的非常喜歡書。她選擇的這家出版社印刷前會送精美的樣書，大字足本，非常方便閱讀。

剩下的情感不多了，能保護一點算一點兒。

最少毀瘴大人眼睛發亮的看她的樣書時，心情還滿愉悅的，她也會跟著微笑，那就行了。

續八　理智的暴走

真正認識黃娥的人，才會知道為什麼她少女時的綽號叫做「Korosu」。

初見時，都會覺得她像是很會讀書的好學生，靜靜乖乖的，氣質很好，態度又親切……但第一印象往往是不準的。

就是真的認識她的人，才覺得她會真的像個普通人般戀愛，而且嫁給一個普通的上班族非常不可思議，並且完全不看好。

但真正認識她的人並不多，這不知道算是幸還是不幸。陶斯常常會這樣想。

這家ＰＵＢ只是二十出頭時想要照自己心意有個狂歡的地方開設的，之後他肩上壓了成人的重擔，既然這家ＰＵＢ還能自給自足，長輩們也就默許他保有這家夜店，成為他偶爾喘息的最後所在。

只沒想到，闊別已久，一來就趕上黃娥罕有的暴走。

青了一邊臉頰的黃娥，手裡還拿著酒瓶，正在踹地上縮成一團的某個醉漢。眼睛佈滿血絲和狂暴，表情扭曲猙獰，氣勢強得令人害怕。

「娥，夠了。」陶斯上前拉她，「Korosu！」

她這才停住，表情漸漸漠然。地上蜷縮成一團的醉漢哭聲顯得很響亮。

陶斯吩咐了一會兒，拉著黃娥去辦公室。她臉上的瘀青已經微微腫起來了，他嘆氣，挽了一把溼毛巾給她。

「我店裡是有保安的。」陶斯皺眉。

「心情不太痛快，他自己又撞上門來。」黃娥懶洋洋的摀著溼毛巾，「他先動手的，我是正當防禦。」

陶斯啞然。「……每次妳都有理了。」

「我在理才會動手。」黃娥淡淡的。

「妳前夫該不會是被妳揍跑的吧？」陶斯更無奈了。

「怎麼可能？他又沒出手打過我。」黃娥打呵欠，「當然也沒在他面前揍過別人……我再強調一次，那是正當防禦。剛那傢伙也只會有點瘀傷和燙傷，沒有斷手折腳內臟破碎……我都挑不要緊的地方下手的。」

「是沒錯。」陶斯不得不同意她，「但被妳揍過的男人將來都會怕女人。」

「現代人被文明馴養太過了，不了解疼痛的深邃。」黃娥更淡然，「我只是讓那些施加暴力的傢伙好好體驗一下疼痛的真諦，省得將來犯下不可挽回的錯誤。」

陶斯無力的閉上眼睛。

乖乖靜靜的黃娥，理智有耐性的黃娥，有個絕對不能碰觸的逆鱗——先動手打她，不管是輕是重，只要是惡意的，都會被她凶暴的反擊。

她在撞球間當小妹時，當時是常客的陶斯就有幸見過一次。

那是個小混混，很喜歡纏著黃娥，但都被冷靜理智的拒絕，有回不知道是怎樣惹毛了那個小混混，那傢伙打了黃娥一掌。

黃娥操起球桿凶暴的打過去，連小混混拔出小刀都沒遏止她的狂暴，反而被她打飛小刀，揮斷了好幾根球桿，一直追到門外去。

回來之後，她的表情已經恢復平靜，收拾球桿，向老闆認錯。小混混帶人回來問罪時眼淚汪汪，讓那些混混的兄弟們反而挺尷尬。

後來事情就不了了之，畢竟不是她先動手的。

當時的常客半開玩笑的叫她Korosu，她也是笑咪咪的應了。陶斯就是覺得這個靜靜乖乖的小女生很有氣魄，他和死黨們才跟她混得很熟。

只是混得越熟，越了解她，就覺得靜與乖只是外面薄薄的一層表皮。被攻擊後絕對不是飲泣，而是隱含冷靜的狂暴以對……曾經用一個打火機逼退來找麻煩的不良少年。

當時他們去露營，和一群不良少年起衝突，她被推倒。然後這隻狂暴的皇蛾，把沙拉油潑在那群人身上，獰笑的掏出打火機。

「其實沙拉油又不多，真的點燃也就一點燙傷而已。」事後她還冷冷的這麼說，「被文明馴養過的現代人，還跟野獸一樣怕火。」

令人毛骨悚然的殘暴，和更毛骨悚然的理智。

讓她揍過的人傷都不重，但都痛苦的從此畏懼不已。這當中的拿捏那樣精準，從來沒有失控過。

暴力應該充滿激情，但是她的暴力卻異常的冷漠。

「都快三十的人了，又不是小孩子……早晚惹出事來。」陶斯還是念了她幾句。

「知道了。哪次是我自己惹事的……念我有什麼用，去念那些只會對弱者下手的笨蛋啊。」黃娥把毛巾放在桌上，懶懶的揮了揮手。

真是……乖乖不惹事的喝酒，居然會被醉漢當目標，倒楣死了，破壞她跳舞的心情。

她走出PUB，漫步著往自己的機車走去，一路抽著菸。在陰影處，突然被扼住脖子。

這世界自以為強者的混帳實在太多。她漠然的把菸按在扼住她脖子的手上。那傢伙痛得大叫，鬆了手，卻被冷冰冰的槍管頂著太陽穴。

「別緊張，這是打火機……只是火力很強。」雲破月開，黃娥的眼睛倒映著血絲和瘋狂，「我一直想試試看，能不能從太陽穴一直燒進腦子裡……死個一次試試看吧？」

那傢伙狂叫著逃跑了。

笨蛋，怎麼可能……再強的打火機也辦不到啊。跟猴子一樣怕火……真的是人類嗎？

遇到暴力，恐懼哭泣有用嗎？一點用處也沒有，只會被加諸更殘酷的暴力。其實現代人都很怕痛、怕火。他們根本不知道真正的疼痛為何物，自以為拿怒氣和快意當燃料就可以所向無敵。

好天真。

現代人性別的氣力根本相差無幾，差別只有怒氣值和恐懼值的高低而已。

發動機車，她才感覺到脖子和臉頰有些刺痛。啊，我這樣的想法，不要說像不像女人了，連人類都不怎麼像了吧？

無所謂吧其實。

比較嚴重的是，該怎麼跟毀瘴大人解釋脖子和臉頰的傷，那才是最令人頭痛的部分。

續九 雛慕

糟糕透了。二十九歲真是糟糕透頂，所謂逢九必煞。

心情陰沉的看著源源不盡的傳真，黃娥的臉色宛如隱隱閃電的重陰天。

「小林你有完沒完啊?!你們家的房屋仲介都是些什麼物件……不要再傳來了，去找別人！」她終於忍無可忍的撥電話罵人，徹底被激怒了。

「……就是別人沒辦法所以才……」小林在電話那頭賠笑，「黃娥，拜託啦！我老婆快生第二個孩子了，不能被炒魷魚啊……」

「那又不是我老婆，誰管你！」

太糟糕了。完全失控的二十九歲。在前夕發現了令人絕望的環之真相，之後被迫重操舊業寫小說，她在出版社的騷擾和瘴的期待中被夾殺，後來還跟人久違的幹架。

像是這樣還不夠似的，小林大約發覺她太好用，塞了一大堆打工過來，她陷入有史以來最忙碌的狀態……她就是厭惡上班族的固定生涯才打工維生的。現在比上班族還沒人權。

最最糟糕的是，她忙過了整個三月和四月，堂堂要邁入五月份了。毀瘴大人當然不會給她添麻煩，他總是霧化成鴉裝睡，直到她回家才變回人身。

跟他相處了這陣子，比較明白一點兒了……其實身為鳳族，人身尚可，禽身就很有辱身分了。但只是因為這是他所能變化最小的體積，能將瘴癘壓抑到最低點，所以才忍辱負重的變化為鴉。

一點都不想讓他感到寂寞啊可惡。

「……適可而止啊，小林。」她的聲音漸漸冰冷，「好好篩選一下……再把雜碎任務丟過來……我會讓你比炒魷魚還悲慘。」她摔了電話。

我是認識了一些什麼豬朋狗友啊……遇人不淑兼誤交匪類嗎?!

她在家休假了幾天，雖然瘴還是常常睡在書上面，也沒說什麼，笑容卻多了……最少也是用人身在家裡活動。

想想也是。他沉眠之地被炸個粉碎，應該也有所損傷，所以才會常常睡著，大概就是所謂的積蓄力量吧。

沒想到她錯誤的時間軸還是有一點點用處的……最少能夠壓抑毀瘴大人溢漏的瘴癘。雖然是很短的時光……對神鳥而言，幾十年的光陰只是一瞬間。

但就是因為只有一瞬間，才更不想讓他留下任何寂寞的記憶。

啊，我居然還有純粹的溫柔？以為連這個都死絕了。完全不理智也沒摻雜任何算計，更不是有什麼利益。

只是單純的想溫柔以待。

比想像中的還像人類嘛。不錯不錯。情感的波動也比較多了……比以前更易怒。不用那麼理智也可以的。

太好了。

但是小林還是傳真了一張任務過來。真想不理他……但還是緊繃著臉，打電話過去。他千求萬懇的，發誓就這個最棘手，以後他絕對會嚴格把關云云。

「太棘手我也沒辦法啊！」黃娥咬牙，「……姑且看看好了。」

看了以後，她有立馬宰了小林的衝動。

那是一個新社區大廈，環境優美，離台北市車程又近，而且未來會有捷運經過。但是賣得很慘，非常慘，成交率低得破表。

那是當然的。她不反對把房子蓋在墳場上面……只要遷葬完全就好了。但這是何等馬虎又草率的遷葬啊……幾乎大部分都在地基底下！當初是怎麼平安施工的?!

「……這個數量，我沒辦法。」她轉身去招計程車，小林趕緊拖住她。

「沒要妳完全消滅嘛，只要能賣出去就行了……」

「不可能。」黃娥斷然拒絕，「已經到了沒人想買的地步了。」

「……其實，售屋小姐也幾乎跑光，連我都不想來。」小林目泛淚光的說，「我請了最有名的大師來……他連車都沒下就回頭了。」

「一百萬。少一毛我都不幹。」她乾脆來招狠的，獅子大開口很少不靈的。

但這次連大絕都失靈了，小林的老闆居然答應，只要售屋率過六成就付全額。

這單幹完可以四年不工作了。但是這令人絕望的數量……起碼也要好幾個月。早出晚歸幾天以後，她終於受不了了。

太糟糕了！

任性一點啊！你是神鳥鳳凰吧？最少也抱怨兩句啊，為什麼一聲不吭？初見面時不是很跩的說我能夠暫時伺候嗎?!

「……別裝睡了，上車！」黃娥繃著臉。

瘴呆了一會兒，用鴉身飛到她肩膀。

「不是這樣！」黃娥揉了揉額角，「恢復人身就可以了，我後座是空的。不，不要帶面紗和口罩，手套也不要好了……」

恢復人身的瘴倉皇的跟她搶手套，「不可！娥君住手……」

她脫下了一只黑手套，愣住了。手套下的手纖長潔白，滿佈的烙痕卻一直延伸到袖子裡面。手指皮薄，所以烙痕已可見骨。

「不、不要看！醜……難、難看……」瘴把光著的手縮進袖子裡。

……如果不是殺也殺不死，恐怕就把他殺了吧？為什麼他要被這樣對待？

「我，並不覺得難看……」黃娥終究還是沒忍住，「但你爸媽做了什麼啊?!」

「勿辱吾父母！」瘴第一次如此高聲，「吾、我……彼……他們，也、也是……沒有，沒有辦法……吾為畸穢！吾為不祥！……」

一說白話文就口吃，他斷斷續續、顛三倒四的說明，父母尊長會這麼做也是努力想讓他留在家鄉，只是最後徒勞無功而已。

「……初履人世，百草枯黃，眾生伏病。」他摀住臉，「地獄光景不過如此。」

黃娥默默的把他的手套戴回去，聲音很疲倦，「我工作的地點很遠，可能要好幾個月才弄得完。所以你每天跟我出門……就用這個樣子。這是你最後的尊嚴吧？」

「不、不行！」

「在我身邊沒有什麼不行。」黃娥平靜下來，「毀瘴大人，區區人類的環之力卻意外的強，沒有問題。您比我還清楚吧？」

僵持了一會兒，瘴側坐上了後座，輕輕扶著她的腰。娥君……反應意外的大呢。會為他……這麼生氣。

「……在上次的時間軸裡，我做了一件最大的錯事，懊悔終生。」沉默良久後，黃娥說，「我沒替我的孩子選一個好父親。沒有堅持住最後的神聖堡壘——完整的家庭，沒有好好照顧他，讓他成年之前吃了很多苦頭。非常非常後悔，一直到死都抱持著歉疚。」

「此次……？」

「一九九四年二月二十八，他出生了。變成我妹妹的孩子，長相和名字，完全一樣。」她的聲音很輕，「我以為只是巧合……其實是懲罰，大概。」

喜歡孩子嗎？喜歡，非常喜歡。所以這一次才會那麼盡心盡力，想要彌補上次的過錯。

但和自己的孩子擦身而過，終究還是破滅了神聖堡壘的夢想。

她無法看任何孩子被惡待，簡直像是自己親自犯下的罪行。什麼鳳凰……什麼神鳥？還不是跟她這個區區人類的螻蟻之輩一樣，犯下傷害自己孩子的罪行？

罪孽深重到活該永遠在環的詛咒裡打轉。

「彼……呃，他，知曉。汝愛之甚……或有怨言，但無雛兒不慕其母。吾為鳳雛，亦如是……」

黃娥沒有回頭，也沒有回答。遲疑了一會兒，瘴把臉輕輕靠在黃娥的後肩上。

沒事呢。

有淡淡的，沐浴乳的香味。不知道母親的味道，像不像這樣。他一直不知道，因為他孵化後就一直圈禁著，誰也沒能靠近他。

閉上長長睫毛的眼睛，沐浴著風、陽光，和淡淡香氣。緩緩的、緩緩的睡著了。

可能做了夢吧，也可能沒有。但他覺得，這段很短的旅程，已經是最美最美的夢了。

續十　狼狽之友

「喂，都是二十世紀末了，連排隊都不懂嗎？」黃娥語氣不善的昂首睥睨，「讓你們都永世不得超生喔。」

原本喧譁擾攘的黑霧們，突然安靜下來，乖乖的排成長條形……其實任何一個正常人看到了都會毛骨悚然附帶石化和恐懼效果。

小林將臉別開，死都不承認剛剛他看到啥……反正黃娥雖然比「那些」恐怖，好歹是血肉之軀，是活人。

若不是毀瘴大人也在這兒，他真的一點都不想來「監工」。

「瘴睡著了。」黃娥刷刷的在素描本上畫，頭也不抬，「別去擾他。」

「喔。」小林垂頭喪氣，「我還特別帶了他最喜歡的鹽酥雞皮。」

黃娥頓了一下，「既然看得到他，其他應該也……」

「其他我才看不到！」小林恐懼高漲的尖叫，「看不到、看不到，除了毀瘴大人我都看不到！」

「……他是雄鳳，換句話說，就是男的。你不要被陶斯傳染……第二個孩子都出生了。」

「黃娥妳好下流！怎麼會有這麼污穢的想法?!毀瘴大人是鳳凰，神明欸！這是褻瀆啊褻瀆！太過分了～」小林激動了。

……這傢伙。以前就覺得很可疑，大概有點兒陰陽眼的天賦……只是有點兩光。但是鬼鬼怪怪只有感覺，卻能不受暗示影響，看到平常人應該看不到的瘴。

然後瘴就多了一個熱情無比的**Fans**。

瘴不敢開口，但小林那微薄的天賦沒辦法聽到瘴的心音，結果這個兩光的陰陽眼，靠瘴在沙地上寫的隻字片語和表情就溝通得很樂。

「基本上，」考慮了一會兒，黃娥還是含蓄的說了，「瘴算是毀容了。」

「胡說！」小林更激動，「被火紋身的神聖之美啊！妳個畫畫的人審美觀卻這樣陳舊破爛！」

「……你說啥就是啥吧。別愛上他就可以了。」黃娥繼續工作。

剛睡醒的瘴揉著眼睛走過來，小林立刻拋下黃娥迎上去，塑膠凳子都擦了兩遍才讓瘴坐下，奉上貢品（雞皮）和貢酒，笑咪咪的看著瘴啃餅乾似的一臉幸福的吃雞皮，捧著酒，一臉燦亮。

懂了。崇拜偶像。都兩個孩子的爸了還崇拜這樣詭異的偶像……小林果然永遠長不大。

也難怪啦，在他們那群豬朋狗友中，小林是少有的、會看少女漫畫的男生。倒不是說他喜歡愛來愛去的情節，而是喜歡妖豔的鬼怪們。美麗和服、鳥居、神社，愛恨情仇相互揮刀之類的。

推薦他看《幽遊白書》，他只喜歡牡丹，而且嫌牡丹的服飾太單調不夠華麗。結果在現實看到中華特產的神明大人，還是個美麗（？）的鳳凰，這下子連服飾網點不足的致命缺點都忽略不計了，一整個大心。

「毀瘴大人的存在，真是太神奇了。」他含淚握拳。

兩個孩子的爸還在迷戀偶像，這才特別神奇呢。

「本來覺得好累，好想逃走。」看著又在睡袋上睡去的瘴，小林輕輕的說，「現在覺得……還可以忍受下去。」

「喂！」黃娥瞪他。

「好啦，我知道妳要說什麼，別說教了……我知道、我知道！都兩個孩子了……我也三十出頭了。要負起責任，照顧太太和孩子……知道啦。

知道歸知道，但我總覺得……沒有實感。而且，害怕。喂，黃娥，我這輩子就這樣了？平淡而按步就班的長大，然後變老，死掉？有趣的事情和夢想都無緣了？怎麼這樣……本來是這樣想。」

「當初就警告過你們，要管好下半身，不要弄出人命。」黃娥低頭繼續工作，「結果奉子成婚，該怪誰啊？」

「我又不是對小如和孩子有什麼不滿……」小林嘀咕著，「我就只是，不想長大。」

原來男人是這樣想的啊……長見識了。

「希望單調的生活中發生一點神奇的事情……覺得自己還活著的證明。男人會外遇，其實也不是別的女人比太太好……就是想證明自己還很有男性魅力，而且愛情是普通人最容易發生的神奇……根本沒破壞家庭的打算。」

原來男人的想法是這樣單純到接近愚蠢的地步。黃娥鐵青著臉，啪擦一聲，單手折了鉛筆。

「我沒有！別瞪我，超可怕的！」小林慌著搖手，「喂喂喂，是對妳才敢說心裡話，拜託妳不要隨便發火啊！」

「我沒發火。」黃娥冷冷的削另一支鉛筆，「等小如委託我處理的時候，我才會去翻看看宮刑如何執行。」

「宮刑？」

「你想當一次小林子看看嗎？可惜這時代沒有慈禧太后，太監不好找工作。」

小林馬上離黃娥三尺遠，她手上削鉛筆的小刀看起來危險十倍不止。

「……我也知道不可以啊。拜託，那也是一道很厚很高的牆壁欸，真能越過罪惡感高牆的男人沒妳想像中那麼多啦！劈腿也是少部分的高手才擁有的技能。妳以為誰都是陶斯啊？」

「陶斯每個都嘛說得很清楚，男朋友和女朋友都是臨時名分，講白了個個都是炮友。」

「……妳不要若無其事的說出『炮友』這兩個字好不好?!妳還是不是女人啊？」偏離主題的鬥了一會兒的嘴，小林笑起來，「哈哈，好像以前我們在冰果室吵鬧的時候。」

「我們都長大了。」黃娥微微彎了嘴角，淡淡的說。

「嗯，長大了。」小林的語氣卻很惆悵，但看到闔眼穩睡的瘴，又溫柔的歡快起來，「本來變成大人覺得很無趣……但我又遇到了毀瘴大人。好美麗的神奇啊……黃娥，真的存在欸，那些美麗的妖怪和神明……真的真的存在。當大人似乎也不是很糟糕的事情……說不定，還會遇到相同神奇的存在……」

都死過一次了，活到現在才稍微懂男人一點點。說穿了，女人心裡有個永遠長不大的公主，男人心裡個個是彼得潘。

「你剛出生的孩子是女兒吧。」黃娥低頭畫素描。

「對啊，怎樣？」

「你現在還會去FF或CWT嗎？」

「我都幾歲了啊，還跑攤？」小林沒好氣的嚷。

黃娥沒有說話，只是刷刷刷的畫著，然後遞給小林，「算是殺必死，以後我完稿畫給你。」

那是瘴悠然看天的美麗姿態，雖然是草稿，靈氣依舊透紙撲面而來。

「女孩兒多好，什麼漂亮衣服都能穿。」黃娥繼續工作，「從小就當美女養，天天讚美她，再平凡的小孩都會漂亮起來啦。其實小男生也可以啊。功課顧個大概就可以，反正將來隨便都有大學可以念。我記得小如以前也畫同人啊，她不是C姐們的Fans嗎？一家子有個共同興趣，一起玩兒同人場，一起創作想像和美麗。」

黃娥抬頭看他，「哪，你不覺得這才是最神奇的事情嗎？你們可以cos毀瘴大人喔，我來跟他說。」

小林結婚後黯淡的眼神，漸漸的活過來，發亮了。

黃娥闔上素描本，「今天先到此為止吧。我手快斷了。」她喚醒瘴，一起騎車回家。

「會不會覺得很無聊？我一直在工作。」黃娥迎著風問。

「怎會？萬物蓬勃鮮豔，夏之初也……」他頗興奮的說了所見所聞，「況且小林君甚有趣，炙雞皮極美味……」

「啊，你是因為雞皮才喜歡他啊？」黃娥打趣。

「非也。小林君不是狼狽錄中人？果然是娥君摯友……氣味相投也。」

噗。黃娥忍不住噴笑。瘴看到沒書看了嗎？連她的通訊錄都翻過了。

她這次的時間軸交遊甚廣，而且區分很嚴格。正常人分門別類，那些混過的損友們自成一群，分類名「狼狽錄」。

因為聚在一起雖沒幹什麼壞事，但也沒幹什麼好事，蛇鼠一窩，狼狽為奸也。

但長大起來，感情最好最相投的，卻是這批豬朋狗友。大致上都看過彼此最失態、最幼稚的少年時代，相處無須掩飾。

她離婚鬧得風風雨雨，真的譴責她的都是正常人那群，狼狽錄裡那群損友只嘲弄她兩句，就沒事了。

什麼時代啊……損友比友直友正還長遠真實。

「什麼摯友……只會給我找麻煩而已。」黃娥笑罵，「還想吃點什麼？不想做飯了，巷口的鹽酥雞買如何？」

「……雞皮。焦些，小辣。」

「你還真迷上吃這個啊?!」

續十一　鑰匙

就像所有的一切都會有個盡頭一般，這個龐大的工作終於告一段落了，花了兩個月的時間。

雖然並不是很難，但是很煩。

因為她不懂任何法術，只會畫而已，真想一個個畫完，基本上對這樣龐大的數量是不可能的……所以她畫的草稿意外的草率，基本上是小孩塗鴉，連五官都沒有，只寫上數字而已。

那是掛號牌的數字。

這個鬼地方會這麼厲害，其實只是遷葬不完全，原居民抗議，聲勢浩大而已。但大部分已經入土為安的原居民，期待超生的比較多，不過人都是有從眾心理，死後也不例外……跟著幾個刺頭兒一起鬧罷了。

所以她的工作一開始比較難……說服第一個願意坐下來好好讓她畫的原居民。第一個滿意的回輪迴後，老弱婦孺就願意接受了。漸漸的，民意如流水，在她的手畫到快抽筋之前，就會開始爭搶著要當模特兒，第一階段就結束了。

第二階段就可以趾高氣揚的用塗鴉標號碼牌，想在這裡全部畫完是不可能，但是帶回家慢慢畫就沒什麼問題。沒趕上第一階段的原居民反而會更踴躍，更無怨言，誰讓自己慢了呢？越慢號碼牌就越遠。人的競爭心理是很奇妙的。

等第二階段結束以後，就剩下幾個刺頭兒、抗爭戶。但她的手已經快畫斷了，沒有耐性和他們慢慢溝通……拳頭大就是真理。

當她舉起一根鐵管的時候，瘴非常擔心，遲疑支吾了一會兒，顫顫的表達，黃娥真的要親自上陣的話，倒不如讓他出馬……

但黃娥第一時間就拒絕了。

「記得啊，毀瘴大人。將來我若不在了，遇到其他人或眾生時，一定要記住這件事情。」她皺著眉告誡，「真心跟你來往的人，絕對不會要你做違心的事情。你很討厭傷害萬物吧？我並不是為了要讓你上陣才帶你來的，只是想讓你出來走走，千萬不要搞錯了。」

「……怎可能有其他。」瘴盯著自己腳尖，「娥君，吾願意為汝排憂……」

「不行！我不願意。」黃娥的眉頭皺得更緊，「你這樣是不行的，毀瘴大人！很容易被利用和被騙喔！我想像我這樣時間軸故障的人應該還有……只是這種事情除了自身，別人不會知道，也難以驗證。就算沒有，照現在環境污染的速度，將來的人類和萬物抗毒性會越來越強，你也越來越會控制瘴癘了，不是嗎？

將來生活在人群中，都是有可能的事情。記住喔，真正的朋友，絕對不會讓你做違背原則的事情。」

瘴還想說話，黃娥橫目一掃，「莫非毀瘴大人認為黃娥不堪為友？」

「怎可能?!」瘴喊了，「娥君汝……」

「無須擔心，」黃娥將鐵管一扛，信心滿滿的說，「彎湯匙這種事情都行了，我想打幾個孤魂野鬼應該沒問題。」

……真的可以嗎？上面只用簽字筆寫了幾個字，「如夢幻泡影，如露亦如電。」跟著好了……萬一不行，他再出手。雖然他真的很不願意傷害萬物……即使是死人。

了。

沒想到那根鐵管真的打得那幾個刺頭兒哭爹喊娘，跪地求饒，乖乖附在塗鴉上走

「沒想到可以欸。」黃娥比他驚訝，「這並不是什麼咒或真言，只是金剛經的一小段……算了，可以收工了。」她想到數量龐大的草稿，臉色一垮。

「能、能代畫否？」瘴有些擔心的問。

「沒事，我可以的。」黃娥笑笑，「其實只是純粹的體力勞動而已……勞動手。不用花腦筋，反正模特兒就在眼前，放空去畫就對了……」

「寫書較易……」瘴嘀咕著。黃娥真的就寫了那一本，再也沒打算動筆。

「才不是。」黃娥頂回去，「畫畫呢，就算要花時間，不過是一幕的人事物。用文字寫書是無數幕的構思串連和折磨。腦子根本沒有休息的時候，就算想休息，故事也會在每個縫隙，哪怕是動畫片頭片尾曲的短暫時間也會溢出來，根本沒有片刻安寧。

「傻子才會去寫小說。」

上次的時間軸還沒吃夠苦頭嗎？現在挺好，她需要專注的，永遠是盡善盡美的

「一幕」。雖然她藝術細胞真的不夠……反正她也沒打算出人頭地，連看都不想給人看。

但她這樣拙劣的畫，還是受到孤魂野鬼和某些審美故障的傢伙喜愛。這些心靈縫隙大到像黑洞的人或死人。

算了，無所謂。

總算可以回家了……在家裡折騰總比朝九晚五的奔波愉快多了。

沒幾個月，報酬入帳了，意料中事。只是之後的工作堆積如山……她開始一天八個小時趴在桌上，開始按著號碼牌畫那獨一無二的「一幕」。

捧著書，卻很少看進去，愣愣的注視黃娥的背影。

她怕我被騙、被利用，那麼嚴肅的告誡。

曾經被奉為神靈過，人類不都是不斷的懇求嗎？為了這些和他親近的人或眾生，真的很願意，非常願意為他們做任何能力所及的事情。

只是……他只是瘴癘的化身，毀世之瘴。不會降福，只會帶來不祥和死亡。什麼都辦不到，只能沉睡，不斷的不斷的沉眠。

連被騙和利用的價值都沒有。想為娥君做些什麼也……什麼都不能，只能看她如此勞苦……

在娥君的時間軸，還是穩定的，對吧？

他略帶不安的泡了一壺茶，遲疑的捧給黃娥。她訝異了一下，但還是邊吹涼邊喝完。

「不適……是說，不舒服，有嗎？」他擔憂的問。

「怎麼可能？很好喝。」黃娥轉了轉痠痛的脖子，「只是你不用做這些啊……」

「吾望……吾希望，能，有用。些微，一點點也好。」他垂下眼簾，金銀雙瞳閃爍，低低的問，「不行？」

「這樣，你會開心嗎？」黃娥撐著臉頰問。

瘴點頭，拚命點頭。

「那就照你喜歡的去做吧。」黃娥笑，「謝謝。」

我也能有用。真的。不會伸出手只有荒蕪和死亡。真是，太好了。

還有什麼其他可以做的呢？生活簡樸的黃娥卻很豪奢的請清潔工，每個禮拜來打掃一次。衣服就只是丟洗衣機，似乎……沒什麼可以做的。

做飯？他不會。要學嗎？他做的飯能不毒死人嗎？

「你吃得比烏鴉還少，我又不講究。」黃娥低頭繼續畫，「除了泡茶，你不如看完書以後，跟我說說書裡寫什麼……」她鼻尖沾了一點墨，「用白話文表達。」

這樣就行了？

一開始支離破碎，口吃結巴，但除了自稱的「吾」和他稱的「汝」實在改不過來，他漸漸的在讀書心得口頭報告中，越來越口語化，甚至會用「他」這個第三人稱了。

這樣就行了。一九九八年到尾聲的時候，黃娥默默的想。她快要三十歲了，終於要告別最後的少女時代，似水流年。

她不可能永遠活著，甚至連能不能脫離這個梅比斯的惡性循環都不清楚。不久的未來，古文會漸漸被遺忘，甚至她還活著的後中年就開始凋零，到她臨終時已經惡化到使用成語都太艱深的程度。

她知道的。

所以才要讓這個連親人都甚少溝通的鳳凰大人，趕緊改掉古文口吻的毛病，在人群中才不會溝通不良。

我有病，很嚴重的病。

情感洗刷到僅餘骨骼的地步，這種病還是存在著。

強烈的獨佔欲。

不管是什麼面向的情感，一旦在意了，都貪婪的希望歸己所獨有，希望對方只看著自己，如同自己那樣貪婪。

友情、愛情、親情，都是這樣病態的強烈獨佔欲。

但另一方面，理智又是那麼強大而全面壓制，非常冷靜的了解，誰也不是誰的洋娃娃，這種獨佔欲不應該存在。

所以她在上次的時間軸就築起高聳堅固的心防，將所有人排除在外。越喜歡的人，就要離得越遠，避免傷害到這些人。

這次的時間軸情感淡漠，心防天生的堅強，她甚至暗暗的慶幸了一下。對誰都不會發病，誰也不會被傷害，多好。

但現在，似乎要舊疾復發了。連她選中的前夫都沒能誘發的惡疾，似乎又要發作了。

好想把他趕出去。在她醜態畢露，或被她傷害之前，把他趕出去。

「Take a key and lock her up, lock her up, lock her up, take a key and lock her up. My fair lady……」她一面輕輕哼著，一面畫著端坐的模特兒。

然後微微笑了。

已為鬼靈的模特兒顫了顫。客廳裡只有繪者、模特兒，和畸鳳。畸鳳已然睡在書上，表情祥和。

繪者的表情卻很可怕，笑得很可怕，而且泛著強烈而複雜的情緒。雖然只有一下下，很快就平靜下來，專注緘默的把畫完成。

畫裡的自己真美……絕望而執著的美。美到……比應該是人類的繪者，更像是人類。

模特兒安然消逝，只留下「一幕」成為存在過的證明。

真不錯。她也畫得出這種作品，偶爾。

第一次，覺得人類的壽命不長是件好事……和鳳凰比起來。真感激，時間的流逝差別如此巨大。

幾十年而已，比上次時間軸更強悍的理智應該可以牢牢的控制這種強烈的獨佔欲，不會失態。

後來她送了一把金銀打造的鑰匙項鍊給瘴，題名為「自由」。她自己設計的。

但不管瘴再怎麼追問，她也只是笑而不答。

續十二　解錮

一九九八年年底，就在黃娥送瘴鑰匙不久，瘴幻身給黃娥看，笑得很開懷。

參考的是時裝雜誌的服飾，有點軍裝味道的長大衣，黑手套、黑靴，黑卡其褲，為了掩飾沒辦法幻化掉的金銀雙瞳，他帶了一副墨鏡。

英挺帥氣，連臉上的烙痕都不怎麼惹眼了。

真不錯，簡直可以出門逛街了。

唔，這是當然的吧？他可是神鳥鳳凰，這點幻化的小把戲還是不難的……跟暗示隱蔽相去不遠。也就是說，暗示就是讓周遭的人都接受了「他不存在」的指令，只有很少數的人不受影響……像是小林。幻化就是讓周遭的人接受他想呈現的形象。

「真的很棒。」黃娥稱讚，「就這樣吧，我們出去逛逛。」

瘴先是驚喜了一下，神情又漸漸黯淡，「不，吾還是莫在人世來去為好。」解除了幻化，坐下來隨手拿了本書，心不在焉的看。

黃娥勸了幾次，他只是搖頭。

也不是不能了解……或者說曾經了解。偶爾還會被惡夢驚醒。

很缺乏藝術細胞，但有時候，某些強烈的時刻，她也會畫出意想不到的作品。那陣子剛好很迷梵谷，圖書館借得到的生平都看過了，還心頭滴血的買了梵谷的畫冊。

她實在連模仿都很差勁，最擅長的是同人作。

翻了半天，她終於找到那幅「向日葵」。從惡夢驚醒，汗出如漿著魔似的拚命的畫。那時才剛學會油畫沒多久吧？

她把那幅向日葵遞給瘴看，他緩緩睜大眼睛，霍然站起，連接都不敢接，不斷後退，直到貼在牆上。

畫裡是個粗糙有裂痕的水瓶，插著幾棵半枯或委靡的向日葵。室內昏暗，氣流靜滯，死亡和掙扎的氣息撲面而來。

瘴摀住臉，「不、不不不……快拿走……」

黃娥把畫向著自己，自言自語似的說，「上次的時間軸，我曾經生過一場大病……本來就疾病纏身，結果又疊了一層感染力很強、必須隔離的傳染病。是最初得病的幾個人……隔離的醫院還因此死了幾個護士和醫生，說不定就是我害死的。

我也不清楚為什麼我會生還……我當時有痼疾，在中風邊緣，後背長了幾個膿瘡，連躺下都不可能，子宮頸糜爛……我覺得我就是個怪物，不斷的流出膿與血、不斷散播細菌和病毒的怪物，連呼吸都可能致人死地。」

她帶著虛無的微笑看著枯萎的向日葵，「我不該存在。當時我一直這麼想。但病得太厲害了，我連舉起刀子的力氣都沒有……那時候真喜歡睡覺，後來真的一直在睡……閉著眼睡，睜開眼睛，還是在睡。

後來我病癒出院了，雖然折騰很久，後背的膿瘡還是收口結疤了。痼疾也被控制住，之後我還活了一、二十年。但我……還是覺得一直聞到那股陰暗的屍臭……血與膿的味道。我害怕與人接觸……害怕別人聞到這股屍臭，也害怕別人被我染上屍毒。甚至曾經荒謬的認為，會把病毒傳染給寵物和植物，所以都送走了。」

沉重的沉默降臨，窗外的風聲因此顯得特別響亮，並且淒涼。

「那是上次時間軸發生的事情，其實當時的恐懼和自厭、痛苦，雖然知曉，卻只覺得荒謬可笑。直到我偶然在惡夢裡重溫了一次當時的恐慌懼怖……之後就畫了這幅畫。」

如果能夠大聲說，「這不是我的錯」，那就太好了。但當時的她，卻沒辦法這樣。軟弱自卑，害怕給人添麻煩，甚至過度的妄想……卻是妄想自己是加害人，自我譴責的幾乎發瘋。

但這真不是誰的責任。也不是人力所能控制。

「毀瘴大人，這是……你當初看到的光景吧？百草凋萎。我不敢說『我懂』，那太輕率了。我一定不懂……畢竟你所經歷的比我痛苦千萬倍，除了這幅畫，我也幾乎忘記當初自責得幾乎要發狂的感覺。」

「但有一件事情我知道。毀瘴大人和我……都很喜歡這個世界。不然就可以大聲說，不是我的錯，只要自己能活得好就好，任何可能的犧牲都是應該的。」

「就是沒有辦法這麼厚顏無恥，才會那麼痛苦，對不對？」

瘴默默的接過那幅向日葵，眼淚一滴滴的滴下來，滑過滿是烙痕的臉頰。

「沒事的，我們已經來到大毒物時代。」黃娥的聲音溫柔下來，「你再怎麼異常，也不會比我的存在更異常。」

後來瘴願意幻化和黃娥出門，偶爾會自己化鴉下山，上上圖書館或書店。雖然依舊不肯開口，與人溝通都是筆談。黃娥幫他辦了一隻手機，他還學會了傳簡訊。

已經是很大的進步了。

果然，這個環境污染日漸嚴重的時代，已經完全能將他天生的瘴癘比下去……不在她的範圍內也可以。

這樣很好，真的，很好。

續十三　青梅

瘴頭回有些害羞的把幾張鈔票放在桌上時，黃娥瞪大了眼睛。

「常、常去的書店，需要臨時工，所以……」瘴期期艾艾的說，「整理倉庫的書，很輕鬆，吾獲得些許酬勞……」

……鳳凰不需要煩惱經濟問題吧？而且是哪家膽大包天的書店差遣到神鳥去了？

「毀瘴大人，你留著買書吧。」沉默了好一會兒，黃娥覺得還是不要打擊他，含蓄的說。

但他卻露出失望和難過的神情。也不是不能了解……畢竟他跟外人接觸多了。雖然不開口說話，他還是帶著記事簿和人筆談，難免會受人類影響。

將來……他總是得獨自生活的。在人群中不要太異常，如人類般工作也是個積極的想法。

「那就，當備用金？」她把鈔票放在客廳的小櫃子抽屜，「我們都可以用，如何？」

「好，好的。」他笑得粲然。

現在白話文說得挺好的嘛，以後會越來越好吧？

「今天還去嗎？」

「嗯，跟老闆說好了。」他臉孔淡淡的紅，有些興奮，「喜歡書的味道，灰塵、陳舊，也喜歡。」

「我今天下午也要出門，」黃娥撐著臉笑笑，「去出版社一趟。回來需要幫你帶點什麼嗎？」

「……雞皮，小辣。」

「你怎麼還沒膩啊？」黃娥扶額。

「娥君買給我，喜歡。」瘴化鴉飛走了。

剛學會「喜歡」這個詞嗎？什麼都要用上一用，意外的像小孩子。

其實她不想去出版社。但是身為人類，總有很多麻煩。她也不敢講，身上的冥風會不會被歲月洗刷，用圖畫束縛淨化鬼靈的天賦能不能一直存在。總是要打好種種關係……省得哪天沒能靠靈異吃飯的時候，連靠妄想吃飯都沒門路。

所以她還是騎了很遠的機車去出版社，然後臉孔掛滿黑線的看著興奮過度的編輯。

一九九九年，千禧年前夕了。但以前這個領域她不太熟……沒想到在這個時代已經開始萌芽，浪費她的苦心。

負責她的編輯小她兩、三歲，等於被電視和盜版漫畫滋養著長大，而且還更狂熱一點兒……狂熱的展示讀者寄來的同人畫……明明為了避免讀者不當的期待，她的書用了雙女角……結果反而往百合盛開的倒楣方向轉去。

這兩個深情互望的女生是誰？

「……我有畫插圖吧？」她覺得作者的話太麻煩，最後畫了一幅插圖代替。雖然稍微美化了一點點，也帶著濃重漫畫風，最少也不會有這類的誤解。

「這樣不是很不錯嗎？」編輯臉孔紅通通，「真正的愛情是可以跨越性別的啊～」

「……從頭到尾都沒有什麼愛情吧?!」

但讓她沮喪的是，在狂熱編輯面前，整個呈現各說各話，雞同鴨講的狀態。編輯死拖活磨要她寫續集……根本就是單元劇，哪有什麼續集？難道還要她寫到雙主角成了老婆婆，一起入土為安才算完？

但編輯實在太能磨了，她真的很發悶。最後含蓄的提了一個細水長流的企劃。反正中華文化五千年，當中精粹多不勝數。都有漫畫演繹老子孔子了，為什麼不能來個楚辭漢賦新解？

不是她自誇，雖然兩次時間軸都沒摸過大學的門檻，她自修甚勤，又對古文有癖好，寫得深入淺出兼詼諧大笑一點兒也不難。這種書不見得能暢銷，但是能長銷。一本兩本還看不出來，出上一整套，只要水準整齊，就能雅俗共賞。別的不說，連圖書館都會充門面買個一兩套。

而且這種書寫來省心，不用寫得死去活來，跟著角色們感同身受的喜怒哀樂，活似擺在藥缽裡一下下的捶碎心肝。她上次時間軸已經挫磨過度，怕透了那種寢食難安、銷骨蝕魂的滋味兒，這次才說什麼都不想寫作維生，寧願用很一般的畫筆去過過創作的癮就算了。

最後沒談出什麼結果，編輯勉強同意討論一下這個企劃，也請她考慮一下續集，各退一步，大家也沒撕破臉。畢竟黃娥雖然難搞，但跟她閒聊的時候總有點收穫，眼光很準，建議完全針對要害，讓他們推出的幾個系列都有斬獲，真不能不佩服。

還好不是別家出版社的，又念舊情。編輯默默的想。所以他們對這個「一書作家」這麼客氣小心，半點都不敢得罪。

黃娥會耐煩應對出版社，願意出點子，拐彎兒幫忙，到底也是為了自己留條退路。這些點子包裝起來賣當然也不是不行，只是她也明白自己在待人處事上實在太淡了，所得有限，還不如乾脆賣個順水人情，跟出版社保持個良好關係。

當然也有其他出版社跟她接觸，只是她都婉拒了。別人不懂，她可不能不懂。除非是那種天縱英才的大作家，跳槽不會有事，那種一紅就跳槽的，往往就此沉寂。

說穿了就是不厚道。一個作家能紅，不只是文筆劇情好就行了，出版社肯給機會、肯出力氣絕對功不可沒。自家捧紅的出版社往往會加倍重視，稿費可能沒那麼好，但絕對是珍惜又珍惜，鮮少干預，作家想怎麼寫就怎麼寫。

會出手挖角的，往往是規模更大、稿費更豐厚的出版社，相對的，這種大出版社會去把人挖來，在商言商，從好賣的角度去看，自然會干預比較多……但好賣和好看往往是兩個角度，想兩面討好哪有可能？最後就是舊讀者星散，新讀者寥寥，作家從此黯淡。

她在上次的時間軸就看得極為明白，很冷靜的分析過了。這次怎麼可能犯傻？

黃娥只是懶，並不是蠢。

出了大樓，她透了口大氣，點了菸，就在人行道抽了起來。耗了大半個下午，她需要醒醒神，回去的路還得騎很遠。

遲疑的，有人在她身邊站定，輕輕的喊了一聲，「……黃娥？」

她抬眼，眼前是個英挺的青年，西裝革履，端正的面容，脣角卻慣性的抿緊。這麼多年，這個倔強的小習慣還是沒改。「王子期。」

王子期默默盯著她，又盯著她手上的菸。黃娥穿著淡鵝黃的小洋裝，外面罩著薄外套，穿著低跟包鞋，低調又規矩。她一向把正常人和夜生活的交際分得非常清楚。

「活像小學老師卻在公共場合抽菸。」子期皺緊了眉。

「你這小老頭兒的個性也沒什麼變。」黃娥頂了回去。

兩個人淡淡的笑了起來。像是回到很久很久以前，他們都還非常青澀的歲月。

「你怎麼在這兒？」黃娥問，卻繼續抽她的菸。

「拜訪客戶，妳呢？」

「出版社有點事兒找我。」

沉默了一會兒，子期溫和的說，「妳有事嗎？沒事喝個咖啡吧，難得遇上了。都多少年了……」

另一個支線任務。只是當時她沒意會到自己身處於環中，「好。」

那年剛歸來不久，一九八三年。

當時違建風很盛，他們家也趕了這個風潮，反正一樓都搶先佔了防火巷的地擴建了，二樓順勢而為也不算什麼。本來遼闊的防火巷，被這股違建風席捲，幾乎沒有餘地，和對面的距離只有一臂之寬。

當時她自願住到這個幾乎沒有陽光的房間，圖得也就是一個清靜。但台灣人嘛，個性雖然大剌剌的，卻不怎麼喜歡打擾別人，往往窗戶就拉著窗簾，不擾對面的鄰居，也不讓人擾自己。

但她在家家戶戶都有的鐵窗上，種了一棵日日春。

說來是意外，這棵日日春不知道為啥從路邊的柏油縫長出來，又因為多日沒雨水奄奄一息。她重回時間軸卻還一片茫然無措，看著錯誤的生長也快錯誤的死亡，依舊掙扎求生的小花，感動了心腸，挖回來種了。

一兩天就仔細觀察著澆洗米水，盡量擺在陽光照得到的地方。意外的長得繁盛，花開得鬧，心情煩躁的時候仔細看著那一點綠意和粉花，就會覺得平靜點兒。

後來才發現，不是她一個人在賞花，對面只有一臂之遙的鄰居，也喜歡盯著花發呆。

跟她同年，國二的小男生。開窗澆花時兩個人都會默默相視一眼，然後又挪開眼睛。

她倒沒多想，只是有點好笑，不免想到安達充的漫畫。住在對窗的青梅竹馬呢，多令人羨慕的情節。只是都活過一世人了，哪會有什麼多餘的遐想。

只是對窗的小鄰居從此就沒拉上窗簾，對著稀少的陽光寫功課或看書。那時的她也不覺得如何，人家都這麼大方了，她也沒什麼好遮掩，拉開窗簾好歹有點陽光和風不是？

那個暑假，安靜寂寥的暑假，都過了大半，對窗的小鄰居才問她，「那是什麼花？」

這問得太莫名其妙，沒話找話了，什麼花都該不認識，就不該不認得遍地都有的半野花。但她也不想跟小孩子計較，和氣的回答，「日日春。」

他們互相問姓名，黃娥沒怎麼樣，子期的耳根都紅了，但還強撐著鎮靜的樣子。

在一個熱得人發昏的午後，子期敲了敲黃娥的鐵窗，遞過來半盒小美冰淇淋。黃娥詫異沒有接，他的臉卻漸漸發紅，「……我用湯匙挖了一半在碗裡，這半我沒動。」

「你吃就好了。」黃娥還是沒有接。

但那個少年紅著臉孔，抿緊嘴角，倔強的舉著那半盒小美冰淇淋。

糟糕，真的安達充了。

黃娥接了過來，裡頭還有小木匙，也沒說話，兩個人就默默的吃，冰冰涼涼，香草的甜和一種莫名的氣息。

當時黃娥家手頭很緊，很少有機會吃零嘴。但偶爾弟妹吵鬧的時候，媽媽還是會買的。她拿了百吉冰棒，遲疑了一會兒，還是回房間，敲對面的鐵窗，折了一半給子期。

子期不拿，「妳也難得有。」

「總不能老吃你的冰淇淋。」

他接了過去，兩個人默默對著吃冰棒，還記得是青蘋果口味。

後來慢慢話才多起來，但通常只是聊聊看過的書，學校的瑣事，隔著鐵窗交換書看。子期很少提家人，到暑假快結束她才知道，子期住在外婆家，家裡還有舅舅一家人，父母感情似乎不太好，而且有些狀況。

她還是心軟了一下。一個國二的孩子，被爸媽丟到外婆家，暑假過後就轉學到她的學校，馬上要面臨國三的考驗，面對一群陌生的同學。

所以後來子期特別繞了路在樓下等她上學，她也就默許了。他若晚了，反而會站在樓下等他氣喘吁吁的跑來。

但那個時代，少年少女還是很羞澀含蓄的，距離起碼也有三公尺，前後走著，也不交談，到了學校也只是彼此點點頭，就各去各的班級。

之後連放學都會彼此在校門口等一等，早到的等遲來的。等到了還是一前一後默默的回家。

對著窗讀書，偶爾輕聲聊一會兒，隔著鐵窗分享點心和零食，交換參考書。其實仔細想起來，真的沒有什麼。但說完全沒有，又好像不是。

直到子期考上高中沒多久又搬了家，卻沒跟她說搬去哪……她才覺得有點惆悵，一點點，青蘋果似的味道。

在咖啡廳坐下，子期特別要了吸菸區，點了兩杯漂浮冰咖啡，黃娥突然感慨萬千。「你搬家也不告訴我。」

子期靜默了一會兒，「妳不也沒回我的信？」

「……我媽不讓我念復興美工，我離家出走了。」

他習慣性的抿緊脣角，陰錯陽差。那時年紀小，臉皮薄。總不好意思當面告訴她新家的地址，像是巴望著她寫信似的。但新家有他的房間，寬敞又明亮，卻沒有對窗花鬧的日日春，和那個看似沉靜安然，卻掩蓋著暴躁決然的小女生。

聽聞過她被欺負，卻也聽聞過她在畢業時的那場大鬧。奇怪的是，他並不覺得驚奇或厭惡，反而覺得痛快。

躊躇了很久，才下定決心寫信給黃娥，但卻完全沒有回音。那是第一次感到徹底的心痛，和心碎的滋味。

最初總是最美。所以他第一眼就認出黃娥。跟年少時改變不多，尤其是眼睛，還是沉著無盡的天光，不是成語的「目中無人」，而是實際上的，目中無人。永遠看得比別人遠，不像是真的活在世上。

黃娥看了看錶，有點晚了。好不容易遇到這個支線任務的少年友人……大概也不可能馬上就走。「我打個電話報備一下。」她答應過要帶晚餐回去，恐怕要失約了。

「……老公啊？」子期的嘴角又緊抿了一下。

「離婚了，哪有那種東西？」黃娥淡淡的，「家裡人。」

子期沒說什麼，只是笑了一下。

手機通了，「喂？毀瘴？今天我會晚點回去……答應你的晚餐可能會變成宵夜了。」

毀瘴大人沒有回答。

家裡沒有生物，應一聲也不會怎麼樣吧？她有些納悶，又喂了幾聲。

子期詫異，「是不是通訊不好？」他低頭看自己手機，「滿格呢。」

黃娥有些無奈，柔聲的回答，「我也滿格……」話才說完，手機就斷線了。她又撥了幾次，就是不通。只好艱難的傳簡訊……兩次時間軸，她都超級痛恨手機簡訊這種難用的玩意兒。

子期看她打得滿頭大汗兼大怒，突然覺得，其實黃娥也有很女孩的一面。

「為什麼離婚？」他低低的問。

「因為我沒忍住。」黃娥緩了下來，「男人逢場作戲又不會懷孕……其實我真該忍忍。只是……」

「才不該忍！」子期反而發了脾氣，「家庭是小孩子最後的堡壘！怎麼可以一毀再毀？並不是蓋個更大更漂亮的堡壘就可以了！我寧願要原本又破又小的木屋！背叛家庭的父母罪無可赦！……」

黃娥默然。「家庭是小孩子最後的堡壘」這句話，最初是子期說的。也是因為這句話，黃娥才用平等的態度對待他，承認他在某部分是成熟的。

「……我就是這麼想，所以趁還沒有孩子趕緊離婚了。」黃娥坦承。

子期卻很愴然。他明白，很明白。當初他羞於訴說家裡的情形，曾經忿怨的對黃娥吼過這些……她完全懂。

他的聲音低下來，「我快訂婚了。」

「那很好呀。」黃娥坦然，「恭喜。」

「第二次訂婚。第一次……我也是沒忍住。」子期笑得更苦澀，最後抿緊脣角，「但這次，我還真沒信心。」

「你要有信心，絕對要有信心。猜疑只是讓自己難過，又為難自己的另一半。」

黃娥淡淡的說，「傷人傷己，何必啊？不如過得開心點，神經放大條點。只要盡力而為就好……我說現代的教育真的出大問題，問題真是太大了。學那些幾乎用不到的五四三，還不如開堂『如何建立健全家庭』的課，國高中聯考必考，大學必修！這麼重要的人生課程學校卻毫不在乎，簡直莫名其妙……」

如果是黃娥，他一定很有信心。

「我們總是……」子期澀然一笑，「總是擦肩而過。」

黃娥安靜了一會兒，「珍惜眼前人。」

子期默默的拿出手機，「換我要報備一下了。」

之後他們握手相別，第一次也是最後一次，彼此沒有留下電話號碼。沒辦法，他們的堅持和狷介是相同的，或許有一點點遺憾，但青澀美好的回憶，誰也不想玷污。

好歹安達充了一回，有了個青梅竹馬，運氣已經夠好了。黃娥默默的想。

回去的時候，山下的鹽酥雞攤還沒關，她買了一大包雞皮，看到旁邊的便利商店，想了想，提了半打的百吉冰棒和兩盒小美冰淇淋。

真的變成宵夜了……不知道毀瘴大人喜不喜歡冰棒和冰淇淋。

踏入家門，她卻驚愕了。地上有個砸得粉碎的手機，毀瘴大人化成鴉身抓著棲木，屁股對著她，一言不發。

「毀瘴大人？怎麼了？」黃娥問，「不舒服？」

只迎來沉默一片。

黃娥真的累了，騎了那麼遠的路，又耗了大半天的心神。把雞皮裝盤，冰品扔進冰箱，決定先去洗澡再回來慢慢問。

結果她才拿出衣服往浴室走，親耳聽到瘴悅耳卻有些生硬的聲音，「他誰？」

真難得聽到他開口講話！雖然還是背對著她。

「誰？」但黃娥還是糊塗。

「汝用那種水漾柔情回答者誰?!」瘴高聲。

……哪有什麼水漾柔情？「一個很久不見的老朋友……十幾年前認識的。」

「那絕對不是朋友！」瘴莫名發怒，「真好呢，『郎騎竹馬來，遶床弄青梅』！汝跳他家陽台還是他跳汝家陽台？上下學相伴還牽手並行？是不是?!」

……是她不好。毀瘴大人沒書看就沒書看，她幹嘛要貪便宜買了一堆二手漫畫給他看。

不過也真厲害，她也不過說了一句話，毀瘴大人就聽出來情分不一般……她跟狼狽錄那群沒少講話，毀瘴大人從來沒發過脾氣。果然是神鳥鳳凰。

氣得把手機都砸碎了。

他們現在的情形有點怪，說母子不母子，說朋友不朋友，說親人不親人。她沒有生氣，只是覺得有點難辦。

罷了。瘴一直隔絕人世之外，入世的時間很短，還有點膽怯。這種佔有欲也不是不能了解……她畢竟是唯一無須掩飾就能相處的對象，像是怕母親被奪走的小孩兒那種醋意。

「他快要訂婚了，我也絕對不會再見他。」黃娥非常慎重的說，「毀瘴大人，我會侍奉你到我離世為止。你一定聽得出來我是真心還是假意。」

她伸手耐性等著，鴉身的瘴回頭，霧化人身，黑手套輕扶著她的手落地，一臉委屈和羞赧。

「雞皮涼了，我再拿去炸一下？」黃娥柔聲問。

瘴搖搖頭，「這就可以。」拿起已經不那麼酥的雞皮慢慢的啃。

「冷凍庫還有冰淇淋和冰棒，你試試看喜不喜歡。」黃娥真的很倦，「我先去洗澡？」

瘴點了點頭。

匆匆洗浴，倦意褪了些，她擦著頭髮走出來，瘴還坐在空了的盤子前面，但地上粉碎的手機已經清掃乾淨了。回頭看到她，才開了冰箱拿出兩根百吉冰棒，遲疑的遞了一根給她。

「我是習慣從中間折斷吃。」黃娥示範給他看。

「……對不起。」瘴很小聲很小聲的說，玉白的臉孔紅透了，「不知道為何突來怒氣……真的，抱歉。」

「沒事啊。」黃娥笑笑，「我們交換一半？這樣就可以吃到兩種味道。你的是養樂多，我的是青蘋果。」

瘴有點笨拙的吃掉兩種不同的半根百吉冰棒，「……青蘋果，好吃。有些青梅味……」

後來瘴學會了買東西，就塞滿了整個冷凍庫的青蘋果百吉冰棒，不管是酷夏還是十度以下的寒冬都很喜歡吃，一直都沒有膩。

續十四 無奈

一九九九年，十一月初。

瘴虛弱的趴在黃娥的腿上沉眠，蒼白的臉孔有些不健康的紅暈。原本他人身時體溫與人類無異，現在卻反常的冷，在二十度左右徘徊。

是我的錯。黃娥默默的自責。都是我的錯。

這年盛暑的全台大停電讓她猛然想起同年的大地震，刻畫在這島所有人心底的重傷，死亡人數兩千多人的慘劇。

酷熱的夜裡讓她嚇出滿身冷汗，輾轉難眠。

但她不知道怎麼阻止這場大災難。什麼都知道原來也不是什麼好事。

最後她試探著跟瘴商量，瘴默然很久，「天災是沒辦法的事兒。」

「……那是兩千多條性命。」黃娥安靜片刻，「就算先示警一下也好……」

「絕對不行！」瘴難得厲聲，「洩漏天機、逆天而行……就算無損壽算，汝當從此病苦拖磨……汝怎麼不想想何以會深陷環中?!此事汝無須多問，吾自有主張！」

結果瘴的「自有主張」卻是去試圖阻止命定的天災，最後依舊天搖地動，一個人也沒救到……差點把他自己賠進去。

那天晚上，閃了一夜的雷霆閃爍，瘴頭回在她眼前恢復真身，冰涼的瘴氣嗆得她差點昏過去，那個棄了禁衣的黝黑鳳凰與天災相鬥，結果只是實現了「神威如獄」的森嚴和酷厲。

她在震央附近的滿目狼藉中跋涉數日，憑直覺找到了掩埋在土石下的瘴，怕傷到他，徒手挖著泥土，十指出血才摸到他的胳臂，等挖出來的時候，恢復成人身的瘴已經沒有呼吸。

是我的錯，都是我的錯。

垂淚替瘴拭去滿身泥土，穿上禁制之衣，抱著大半日，瘴才嗆咳著喘過那口氣。

「汝瞧，吾雖忝為鳳族，還是沒辦法與天災相抗衡。」瘴微弱的心音在黃娥的腦海響起。

「對不起，是我的錯。」

「是吾自願的。」瘴的心音更嘶啞虛弱，「娥君，別再寫了。」然後就昏暈過去。

她的心如墜冰窖，隱隱約約的猜過，卻沒想到居然不出所料。

後來瘴在短短的清醒中，斷斷續續的和她談了談。所謂天律、所謂規則，所謂的三千大世界。

即使是神鳥鳳凰，神通廣大，知天機壽算長遠，於三千大世界中亦如滄海一粟的渺小，更不要提更為卑微的眾生和人類。

「違抗天命、洩漏天機，就會遭到懲處。」瘴虛弱的說，「如吾出生，就是要散瘴癘、禍族滅世。吾不肯從命，就如這般痛苦莫名的陷入環中……死都死不掉。娥君亦如是。汝雖不再寫作，偶爾言談的故事，卻往往說中了許多天界隱事……汝又沒去過。」

她喉頭一緊，「這不公平。」

「從來沒有什麼公平，只有規則。」瘴苦笑了一下，又昏昏睡去。

原來命運，真的是暴虐的。天地無私，卻也不仁。風調雨順不是應該，天災人禍也只是尋常。

黃娥不再看報紙電視，連電腦都不開了。損友和她通電話，談到那場大地震她都迅速轉移話題。

她專心的照顧時時昏睡的瘴，重傷到曾經斷絕呼吸，真的非常非常虛弱了，連看書的力氣都沒有。幾乎不能進食，也只有希罕的竹實能吃上一兩個，喝點水，聽黃娥輕聲細語的念書給他聽。

養了一個多月，還是這樣。昏睡時輾轉，才會溢出很輕的呻吟，可見是痛到什麼程度，讓這個慣常隱忍的畸鳳都忍耐不住。

都是我的錯。黃娥非常自責，輕撫著瘴水滑如絲綢的長髮。枕著膝，依舊睡得不太安穩，眉頭緊皺。

嘆了口氣，她也把眼睛閉上，夢鄉路穩宜長至，人間真是不堪行。

在苦楚和亂七八糟的夢境跋涉，瘴吃力的張開眼睛，美麗的金銀雙瞳有些朦朧黯淡。微微動了動，痛楚冰寒的襲擊而來，讓他僵硬的顫了顫。

痛，真是痛。連天災崩毀他的封印都能創傷到他，何況是面對面的硬撼，無異以卵擊石。

對，不會死。但是痛苦能讓他恨不得去死。

僵硬的翻身，卻發現自己枕在黃娥的大腿上，她靠在貴妃榻的邊角，睡了過去。靜靜的看著她，靜靜的。夕陽的餘光打亮了她半張臉，連睫毛都像是沾了一層極細的金粉。

其實，好好跟她解釋，她也一定會相信的。雖然還是會徬徨焦急，夜不成寐，畢竟那是兩千多條人命……和許多生靈。

人類的想法和眾生不太相同，往往都有些天真。天災是絕對不能避免的，成住壞空。人類總是自以為能夠駕馭自然，改變天地，卻不知道所謂的文明和科學，能夠控制改變的範圍很小，後患卻無窮無盡，只會引起天災更嚴厲的反饋。

在天災之前，連他這樣的畸鳳都只能屈膝敗陣，何況更脆弱的人類。

眾生能夠平靜的面對天災造成的生死，人類卻不能。連娥君這樣活了第二次的人也不能。

但他喜歡娥君這樣的軟心腸，甚至利用了這樣的軟心腸。

所以他才會明知不可為而為之，竭盡所能的試圖硬撼天災。一來，若是能成功阻止這場天災，說不定能夠改變娥君的大事記之一，只要有一條出岔子，說不定能夠破解這個環……

若是不能，最少娥君會憐惜他。

一直與眾生保持距離，直到這個娥君戲稱的「大毒物時代」。只要情感不要波動得太厲害，他的確能夠與人類來往相處，說不定過個百年，他就能夠在人類面前開口說話……即使是筆談，其實也讓他交上幾個朋友了，他還打算去學學手語。

可一意識到娥君和他種族有別，時間流逝不相同，終有天會失去她，就覺得胸悶得喘不過氣來。直到娥君的青梅竹馬出現，他更驚惶失措，憂憤煩惱，即使娥君對他再三保證絕不再與那青梅竹馬聯繫往來，他也只鬆了口氣，之後還是鬱鬱不歡。

原本懵懂矇朧的心思一琢磨清楚，他不知道該如何是好。鳳族不輕易動情，一旦動情就是至死不渝。往往伴侶壽終，孤鳳或孤鸞哀鳴泣血，自絕而死。不是社會規範的要求，只是情根深種，無法獨活。

在家鄉圈禁時，聽看守的閒談這些，彼時年幼，還覺得很不可思議。沒想到降臨到自己頭上，情方萌動，光想到娥君僅有數十載壽命，就這樣痛澈心扉。為了娥君一點憐惜，他就願意把命都押上的硬撼天災。

終究還是墮落了，是嗎？他有些惶恐的問自己。終究還是毀世之瘴，邪惡的存在，是嗎？

連娥君都算計……這樣對嗎？

好冷，好痛。

人類其實是最有可能突破時間流逝的種族……可以修煉，可以服食仙丹靈草……不然人死成鬼，即使是他這樣的畸鳳，也能收攝鬼魂為侍從，時間的流逝就如他一般。但他也憑天生的靈智明悟了。像他逆天不願禍世，身處自身之環，死都死不了，黃娥大約是無意識的窺探天機，還書諸文字，違犯禁忌，才會陷身環中。

他搶得過命運嗎？

更冷，更痛了。

「瘴？」黃娥張開眼睛，擔憂的按著他的肩膀，「你怎麼抖得這麼厲害？冷還是痛？」

「……又冷，又痛。」他低聲說，蜷縮成一團，金銀雙瞳蒙著水光，「娥君，冷得厲害。」勉強支起身子，抱住黃娥的脖子，將臉埋在她的頸窩。

黃娥愣了一下，瘴大半個身子壓著她，卻輕飄飄的沒什麼重量。比他剛來那會兒，更輕。

她抱緊瘴，「這樣有好一點嗎？」

瘴點點頭，埋著臉，不敢出聲，也不敢哭。不知道眼淚會不會傷了娥君，他不想試試看。

「娥君，汝會一直侍奉吾吧？」他虛弱的問。

「我會。」黃娥低低的回答。

「死後也願侍奉吾？」

沉默了好久，黃娥才輕輕的回答，「若我真能順著時間往前走……我願。」

瘴將她抱緊了一點兒，很輕很輕的說，「暖多了。」滑下了一行淚，濡溼了黃娥的衣領，慌忙把眼淚擦去。

黃娥輕撫著他的背，沒說話。瘴也沒再動，沉默的伏在她肩上，淡淡的髮香浮動，天光一寸寸的黯淡，什麼都看不見了。

續十五　滄海

過了千禧年之後，一天天突然變得很快，幾乎沒有什麼出奇的大事記。

她以為很重要的戀人們，居然可以擦肩而過，不管是哪一個。原來那些人，那些曾經讓她迎風灑淚痛苦不堪過的人們，也只是人們，一群灰白的雜魚。

也說不定是因為，她只是貪婪了戀情的芳香，所以對象是誰其實無所謂？或許是疲憊，也可能是冥風將她清洗得很乾淨。那些曾經熟悉到無所不至的人們，只是平平常常的一觸即別，讓時光帶得老遠。

至於是他們不值得，還是瘴的分量太沉重，她卻不願意深思。

只是她又開始哼著「Take a key and lock her up……」時，就會提醒自己，已經贈給瘴「自由」的鑰匙，不要輸給自己那最後的一點貪婪。

有幾年的光陰，她隨興的帶著瘴四處旅遊，很多時候都在本島走走，大部分的時候都搭火車，追逐著花季，從北而南。

追逐著杜鵑盛開的朦朧春雨，追逐著桃花人面相映紅，追逐過五月飄雪桐，追逐過荷葉田田不蔓不枝的蓮花，追逐過金黃遍野的金針錦繡，甚至追到狂風大作的馬祖，一片片荒涼的曼珠沙華。

哪個地方看順眼了、喜愛了，就住一段時間。但在馬祖住得最長，幾乎住滿一年，經過兩個花季。

荒涼草野，磚縫牆角，掙扎的花向天，沉默的在狂風中怒放，紅得接近黑。

「花葉永不相見。」瘴嘶啞的開口，翻掌向上，戴著漆黑手套的手箕張，像是黑色的曼珠沙華。

或許是那種微帶痛苦的美感，羈留他們倆的腳步。也可能是非旅遊季的馬祖，在蔚藍的天與海當中，怒放至極盛的曼珠沙華，花期短暫得只有一個禮拜，讓他們意猶未盡的等待再次的花開。

離島的冬天，很冷很冷。那種寒冷可以侵入到骨髓裡。他們住下的那年冬天雨水多，天空幾乎都壓著沉沉的烏雲，風很大，很大。沿著沙灘散步時，瘴為她遮蔽海風，封禁之衣如羽如綢的飄飛，望過來的金銀雙瞳沉靜若日月交輝。

晴天的時候，還是冷，太陽照在身上也不溫暖。夜裡更冷，冷得血液流不動似的。但是漫步在漆黑的海灘時，仰望繁星點點，皎潔明月由海捧出。

海浪席席拍岸，層次分明的深寶藍色。

在一個晴朗的月圓夜，興致很好的瘴低吟如簫，隱隱發著微光的他，在沙灘上翩起舞，優雅的像是早春的詩歌。

只是揚袖，行走，迴旋。動作並不大，也不奇特。但像是融入凜冬寒風的萬籟中，和諧的宛如追循世界的呼吸，緊緊的抓住所有生靈的視線，陶醉而屏息。

即使保持著人形，還是沒有人會認錯……

鳳之舞。

當他低伏在地，戴著黑色手套的手伸向她，鳳吟杳然，一切都安靜下來，連浪聲都停止了一般。

沉默良久，黃娥開口，「還沒有完吧？」

瘴默然，然後微微嘶啞的開口，「不能跳完。跳完就是……鳳求凰。」

她不知道怎麼回答，或許應該要推辭。但千言萬語都噎在喉頭，想要傾吐卻千難萬難……

最終她遞出手，將瘴拉起身來。然後瘴再也沒有鬆手，牽著她，在寒風刺骨的海灘慢慢的行走，一步一步，慎重的像是儀式。

澀然一笑，她想起曾經煩惱過的獨佔欲，一種嚴重的病態。在這樣的月夜裡，她緩緩的說著自己的病，那貪婪的疾病。

「不管是什麼面向的情感，一旦在意了，都貪婪的希望歸己所獨有，希望對方只看著自己，如同自己那樣貪婪。友情、愛情、親情，都是這樣病態的強烈獨佔欲。但另一方面，理智又是那麼強大而全面壓制，非常冷靜的了解，誰也不是誰的洋娃娃，這種獨佔欲不應該存在。」

她淡淡的批判自己，「所以，我給了你『自由』。」指了指他一直沒有離身的鑰匙項鍊。

瘴轉過頭來看她，唇角慢慢的、慢慢的沁入越來越多的笑意。「真剛好，吾亦有此疾。」

然後扯下一直很珍惜的項鍊，揮手投入冰冷的海中。

那一刻，黃娥不知道是什麼滋味。像是失去了一切，也得到了一切。一直引以為傲的冷漠理智，沒有出現裂縫，卻是潤雨無聲的漸漸被侵奪，直到依舊柔弱敏感的內心深處。

曼珠沙華因為花葉永不相見的疏離，所以有一個很少人知道的別名：無義草。

他們共同如此喜愛的花，不知道是否是一種預兆。

愉悅的日子總是過得很快，今年歡笑復明年。偶爾在舒心快意的縫隙中，她會悯然的想，不知道將來她是否會後悔，或者是害瘴後悔。不知道大限來時能不能無憾無恨，不覺得自己無情無義。

但她再也沒來過馬祖，沒再去看狂風中微帶痛苦美感的曼珠沙華仔細深思。

二零零六年九月二十九日，如上次時間軸相同，一直很健康的她，突然而然被疾病襲擊，第一次腦血管破裂。只是一次小中風，之後恢復得很好——跟別人比起來。

但短短的一年間，原本烏黑的長髮，幾乎半為銀，一年年的雪白下去，病體纏綿，一天天的健康日壞。

原來，這才是真正的大事記。

瘴一直在她身邊。理論上，應該是她服侍毀瘴大人，但卻反過來，一直是瘴在照拂她這個重病纏身的人。

疾病漸漸的侵擾，將她一點點一滴滴的壓垮。沒有病痛的時候越來越稀少，這是一個很漫長的時間，二、三十年。

二零三二年，她病歿於榮總。

蒼老衰頹，白髮勝雪。彌留時卻微笑了起來……比上次時間軸好一點兒，她不是獨自的死去，眼中映入最後的影像，是瘴美麗的金銀雙瞳，只是漸漸看不見了，只有一片黑暗。

又一次的死亡。她自嘲的想。

「……我帶妳走，不要怕。」瘴微微沙啞的聲音在耳際響起。

終於會用「我、你」。在她人生的最後才聽到。

「如果我帶不走妳……」瘴哽咽了一下，「下個時間軸，妳不要去找我。我不想……忌妒自己。」

費盡了所有力氣，她握了握瘴的手，最後的感覺是手上微痛的暖，應該是瘴的淚水。

死亡是個很痛苦的歷程，她掙扎著斷氣了。但再醒來，手心什麼都沒有，空虛得發冷。

又是一九八三年六月十一日，同樣的車禍，同樣的喪失一個禮拜的記憶。第三次的時間軸開始，壓了兩次人生的記憶，卻莫名的失去更多情感。

其實並不心碎，也不是很難受。只是她想到瘴的時候，就覺得空氣稀薄，無法呼吸。窒息感遠遠勝過還身處環中的痛苦。

續終　環自有終

第五次的死亡了。

同樣的時間軸，足足走了五次，只是死亡後的經歷，甦醒後總是不記得……大概就是那必定喪失一個禮拜的記憶。

死亡後橫渡彼岸。

而所謂的彼岸和她想像中的差別很大，並不是長川大河。相反的，是長滿植物和花朵，朦朧著氤氳霧氣的沼澤。水很淺，一葉扁舟緩流而渡，必須自己搖櫓前行，使力重了，就會揚起混濁的泥沙，許久才會漸漸澄清。

原本就生在沼澤的荷花睡蓮，不該生長在沼澤的秋菊、白玫瑰和勿忘我。還有一些她不認得的，應該也是各地民俗中與死亡相關的花。

或許下意識裡，輪迴過的人們朦朦朧朧記得了一些什麼……花卉總是最容易記住的。

這些繁盛的花與植物，形成了複雜如迷宮的水道，在不晴也不陰，不生也不死的曖昧中，最後一段人生的旅程……

本來應該是這樣。

她應該搖櫓而過，在冥風漸漸侵骨，花木漸漸凋零蕭索中，經過一叢又一叢深紅得近似烏血的曼珠沙華，蜿蜒的登上彼岸，讓冥風颳淨了所有的愛恨怨憎，排隊飲下孟婆湯，潔白如新的重入輪迴。

本來應該是這樣。

但她永遠到不了岸。淺淺的沙洲攔著，身不由己的返航。

不是沒有努力過。她曾經試圖跳船，但淺淺的沼澤底下是流沙，沉沒昏迷後還是回返扁舟。也曾試著划上沙洲，卻還是越來越遠。一遍遍的讓冥風吹拂，只是讓她的情感喪失得越來越多。

起初還會覺得難受，傷痛，漸漸的，連這些殘留的情緒也喪失了。或許是冥風的吹拂，也或許是，深陷環中，做什麼都沒有用處。

唯一還能讓她有點感覺的，只剩下想起瘴，和他最後的留言。

瘴說，不要來找我，我不想忌妒自己。

能為他做的，也就是這麼一點順從而已。

所以她安靜的渡過一次又一次，相似又不相同的時間軸，漠然的等待大事記的來臨。

第三次時間軸時，還有那麼一點不甘心和僥倖。她用功讀書，和青梅竹馬的子期維繫連絡。這一次，她讀了大學、成了小學老師，並且在一九九三年五月十五日嫁給了子期。

但也在一九九七年八月十三日離婚……婆婆太愛自己的兒子，所以太恨她。

她並不憤怒，也不傷心。反而安慰不斷道歉和哭泣的子期。

其實該道歉的人，是我。她默默的想。我沒有心。我的心早就丟了，胸腔是空的。對你那樣的好，只是希望能夠打破這個環，或者忘記那雙金銀雙瞳。

只是，一切都已經寫定，再也無可掙扎。

歲歲年年，周而復始。她終於把所有的情感都折騰乾淨，再也沒有任何感覺。只有一點一滴漸漸累積的疲倦，越來越沉重，沉重得連呼吸和心跳都覺得費力。

難怪。難怪人類的壽命上限最多就是一百二十歲。因為易喜易瞋的人類，情感也就夠這麼百年間揮霍。超過了這個上限，就活得越來越不像人。

如果修道有成，時間流逝感就不相同，不會如她這樣磨損過度。如果她乾脆死了成鬼，也自然有鬼的時間流逝表，不至於如此痲木不仁。

但她是人，一個毫無理由誤陷環中的凡人。度過了五次時間軸，將近三百年了，除了疲憊，真的什麼都沒有了。

不哭也不笑，不會憤怒更不會歡喜。所以她最喜歡做的事情就是，默默的看著大海似的天空，回憶著海浪的聲音，和瘴的金銀雙瞳。

這個時候，她的胸口會微微的發痛，像是一根針扎在上頭，慢慢慢慢的戳進去。也只有這個時候，她才覺得自己還是個人，不是沒有情感的怪物。

沙洲就在眼前了。

她已經不會哭喊絕望，機械似的搖櫓。知道在撞上沙洲前，水流會將她帶偏，再一次的回到一九八三年六月十一日，然後開始第六次的時間軸……乃至於永無止盡。

不知道瘴怎麼樣了？往前走的他還好嗎？在和他訣別之前，他已經能夠開口說話了……將近三百年了，也夠忘記她了吧？有人愛他嗎？

侵襲了太多的冥風，她連忌妒的感覺都想不起來了……畢竟她只是個凡人。

擦著沙洲，水流偏轉。她漠然的望著前方，眼角卻瞥到一抹烏黑。

猛然回頭，黝黑的畸鳳揚翼，捲起冥風雲靄，朝她飛來。漂浮在船首之上，霧化成形，禁咒之衣環身，漆黑的頭紗飄揚，沒有遮蔽的面容烙印如故，美麗的金銀雙瞳亦如故。

像是時間凝固了一般，從來沒有差錯的扁舟硬生生的停住，風息波停。

他揚袖，迴旋起舞。往事歷歷在目，就是那個月圓夜的海邊，就是那優雅的鳳舞之姿……不同的是，他將「鳳求凰」跳了個完全。

戴著黑手套的手，遞向她。

黃娥將手放上去，瘴的手幾乎沒有溫度。但有一股溫暖，像是春天蓬勃的生命力，驚醒了她所有沉寂若死的情感，如藤般從掌心蔓延到心底，翠葉花鬧。讓她笑了出來，並且放聲大哭。

扁舟碎裂，瘴拉著又哭又笑的她一腳深一腳淺的跋涉過流沙沼澤，踏過沙洲，登上彼岸。

「讓妳久等了，對不起。」瘴微微沙啞的說。

「……你怎麼會在這裡？」黃娥還有些茫然。

撫著黃娥的長髮，瘴默然良久，不知道怎麼回答。雖然身為毀世之瘴，鳳族畸穢，但他依舊是神鳥。雖然深受環苦，怎麼都難以殞命，但黃娥死在他懷裡，搶不過輪迴，環之力終究抵不過鳳凰的宿命，失去凰侶，他當下就碎心而亡。

原本應該直渡彼岸，轉世輪迴，不知道為什麼，神威不滅，固執的在彼岸尋找巡迴，驚擾了不少死靈魂魄，最後驚動了管理生死輪迴的神祇。

最後他們打了一個賭。

人類天性薄涼又怕寂寞，何況這麼一個深陷環中，冥風一世世吹拂、消蝕情感的畸兒，彼岸遼闊又毫無邊際，想要從中尋找到黃娥簡直是大海撈針。

輪迴神祇賭黃娥必定會去尋找其他時間軸的瘴，要不就是將瘴忘了個乾淨。瘴賭黃娥絕對不會去找其他時間軸的自己，並且心底永遠有他。

而且，一定會找到黃娥。

「我賭贏了。」瘴沙啞的回答，微微笑著，金銀雙瞳璀璨輝煌，「跟我走？」

「跟你走。」黃娥點頭。

瘴牽著她，在彼岸蒼茫的草原一步步的前行。「失去入輪迴的資格也沒關係？」

「沒有關係。」

「生同一個衾，死同一個槨？」瘴的聲音微微顫抖。

「……當然。」黃娥吞聲，「你找我多久？」

「將近三百年吧……大概。」

所以，是訣別後就……她沒能問下去，因為已經泣不成聲。

原本彼岸無花無蝶，只有莽莽草原。畢竟這只是個輪迴的中繼站。但自從一隻鳳魂和人鬼在此結廬居住，開始零零星星的花開，形似曼珠沙華，卻如黃金豔陽，花葉相見，名為「環終」，畸鳳摘羽化為皇蛾，漸漸衍生成彼岸一景。

有些瀕死又活過來的人說，夢見黑色的鳳凰與皇蛾引路回生。有些剛會畫畫的孩童會畫金黃色的花圃和攜手同行的兩個人。

但黃娥和瘴，倒希望誰也不要知道，什麼都不要記得。連他們自己，都不太想要回想那段永無止盡的環之途。

幸而環自有終。

「其實，還有一個環。」瘴笑著說。

黃娥微微變色。

瘴脫了手套，和她十指交扣，「我終於鎖住妳了，而且絕對不給妳鑰匙。」

她低頭輕輕咬著脣，「誰鎖住誰還不知道呢。」

瘴一笑，清亮的發出一聲鳳鳴，迴旋了遼闊毫無邊際的彼岸。

寫在《皇蛾》之後

為什麼會寫《皇蛾》，我自己都感覺很納悶。明明寫得心痛如絞，煩悶鬱結，但最後還是自虐似的寫完了。

今年的健康狀況只能用一整個糟糕來形容，我自己也沒搞懂怎麼回事……直到最近認真的看了醫生才大概的確定，四十五歲的我，就要迎接更年期了……

心境啊心境，原來如此。

沒經歷過的人真不能了解這種痛苦，莫名的冒冷汗、虛弱疲倦、脾氣暴躁和憂鬱，手腳腫脹……還有一大堆種種毛病，不光光是停經而已。

我就在想，今年又沒怎麼送急診室，為什麼每天都長長短短的不舒服，了無生趣，哪天沒有犯頭痛和後頸痛我都覺得是希罕事……原來就是這麼簡單的毛病。

所以我想語重心長的奉勸各位，體諒一下同處更年期的親人。她們會那麼煩人，也不是自己願意的……就像我也不想寫得這麼黑，更不願意每天起床都想哭。

我更願意每天寫一些讓自己狂笑、讀者開心的小說，可惜這種事情也是身不由己的。

其實我還挺愛看重生復仇類的小說。因為這種題材我不可能去寫，不會撞書，看了又痛快。為啥我不會去寫呢？那是因為我設身處地的仔細思考過，發現不管重生在那一年，命運軌跡都不可能有大改變——畢竟個性決定命運。

既然如此，重活一次有什麼意義呢？這只會是懲罰而不是救贖吧？

剛好那陣子我心境之陰暗無與倫比，所以我就寫了《皇蛾》。既然不能亂發脾氣，我又鬱結在心難以宣洩，只好虐待一下讀者。

的確，寫完我煩悶的感覺好多了。雖然說就出版而言，這實在不是一本討喜的小說，字數也真的不太夠……但我還是決定要出版了。算是一個難得的里程碑，紀念一下我倒楣到極點的更年期……

雖然說，四十五歲就進入更年期有點兒早，不過熬過這段時間我就能夠免除經前經後症候群，也算是幸事。

當然，我也明白，這真的不是一本出版導向的小說，我也並不鼓勵讀者收這本，網路上看看就算了，沒必要擺在書架自虐虐人。這本和《西顧婆娑》有得拚，都是那種後中年的人看了才會比較有感覺的小說。

後來自己回頭看今年開的斷頭，自己也覺得挺好笑的。除了已經寫完的《命運之輪》，沒有一本不是淒風苦雨，果然健康影響心境多矣。

當然更可能是，我越來越寫不出愛情這回事了。我也越來越沒有什麼不滿。說不定，這些年發瘋似的搾腦漿，真的把自己給搾壞了。

「離塵心」對人生來說，其實是好的，但對一個說書人來說，實在是非常非常的不好。

不過我會仔細檢討自己的，最近也終於算是有點兒豁然開朗的感覺。

濁世滔滔，就算不能出淤泥而不染，也學學水中萍，留丁點翠綠給自己。

至於寫來寫去都差不多那個格局……管他的。來自來，去自去，我就這調調，愛看不看。

我這個讀者喜歡就行了。

狩獵者

寫在前面

這部是同人……卻是艾澤拉斯❶世界觀的同人，並不完全是wow❷的同人。所以會部分吃書和再創（扭曲）。

一點都不好笑，而且還情節偏黑、非常血腥、老梗……嗯，還有一點點顛覆。可能的話，閱讀這部的時候，最好不要吃東西。

當然若是不能接受，其實看完《皇蛾》、《「他。」》，也可以止步於此了。畢竟這部的口味比較重一點兒。

雖然我最擅長也最喜愛的，其實是這種偏黑暗的題材。

謹此告知。

之一　筆記

「原來，活人也會發出屍臭味，不是不死族的專利。

如果傷口再不癒合，很有可能進一步的腐敗，然後生蛆。果然自己把腸子縫好塞回去還是不行的……我既不是醫生也不是牧師。

拆開繃帶，濃稠的膿混著血緩緩的流出來，屍臭味蔓延。線不太好拆……有些和組織黏合在一起，拆很久才能看到腐敗的傷，開著口，顏色很詭異。我把匕首用火烤過，朝著自己肚子……」

❶艾澤拉斯：魔獸系列遊戲中的世界名稱。

❷wow：由美國暴風雪娛樂發行的大型多人線上角色扮演遊戲，魔獸世界World of Warcraft的簡稱。

啪的一聲，一個隱匿在陰影處的嬌小地精盜賊，把她剛偷到手的筆記闔了起來，覺得自己臉孔的血都褪了個精光，背後一陣陣的發涼。

嚥了口口水，她謹慎的望了望這本破舊筆記的原主。「他」正坐在爐火邊，沉默的喝著一杯矮人麥酒，連著兜帽的駝色厚重披風，將「他」遮得嚴嚴實實，臉孔藏在兜帽的陰影下，只露出鼻尖和形狀很美的唇。

雖然相對於地精來說，所有的人種都很高……但這個人卻比一般人類男子要矮一點，瘦削些。大概是個少年冒險者……看趴在「他」厚重軍靴邊的金黃色大貓，職業應該是獵人。

這個地精盜賊還很年輕，剛剛獨立冒險不久。她宛如孩童的臉龐粉嫩，梳著雙馬尾，擁有地精最自豪的興趣——工程學，並且同樣有著地精的好奇心和獨特的幽默感。

她總是偷偷摸摸的在酒館裡盜走路人的東西，竊笑著等失主驚慌失措，偷偷看人家的包包有什麼，滿足了好奇心，又悄悄的放回去，很樂的看著路人驚訝又摸不著頭緒的模樣。

很愛惡作劇，但她依舊稚嫩純真，世界依舊包裹著玫瑰色的糖衣，心還很柔軟，乾淨的眼睛還沒看過真正的血腥。

所以她被嚇到了。早知道會偷到恐怖小說，她說什麼也不會出手。心底暗暗的嘀咕著。

但是她的好奇心真的太旺盛，雖然害怕，還是又再次的攤開筆記。噁心的部分跳過……嘔，折磨的部分也跳過……血和內臟……也跳過好了……

她滿頭大汗的翻完這本舊筆記，安慰自己，這不可能是真的。一定是……絕對是小說而已。正想偷偷塞回去的時候，失主的椅子往後拖，鏗鏗的軍靴往她走來。

地精盜賊屏住氣息，說不出為啥，就是不敢動……直到陰影籠罩她。

那個獵人盯著隱身的她看，深琥珀色的瞳孔卻帶著更深的寒意，充滿虛無和死亡。隱身狀態下的地精盜賊僵住，全身的血都為之冰冷。

獵人開口了，「拿來。」聲音意外的清脆明亮，只是環繞著霜感。

看著「他」伸出來的手，地精盜賊像是被蛇盯上的青蛙。好一會兒才聽懂，慌亂的交出手中的舊筆記。

獵人接過來，立刻扔進酒館熊熊燃燒的壁爐裡。羊皮紙劈哩啪啦的燒了起來，很快就被火焰吞噬。

深深的看了盜賊一眼，獵人收回目光，拉低兜帽，圍上圍巾，沒有再說任何一個字，踏著沉重的軍靴，走出了酒館。

地精盜賊這才鬆了一口大氣，後背一陣冷颼颼，沁滿冷汗。這大概是她出來遊歷最凶險的一次……雖然那個人類獵人只對她說了兩個字。映著火光，她也終於把那人看清楚了點……長得很清秀，也不難看。

但是她打從心底害怕起來，那是一種難以言喻的恐懼。解除隱身，她跳上吧台的高腳椅。

現在她很需要喝一杯。

獵人沉默的往前走，無視沙沙的細雨，後面跟著她金黃色的豹。

愚蠢的新手，菜鳥盜賊。她默默的想。過剩的好奇心一定會把他們害死，往往都是這樣。

她的筆記沒什麼好看的……只是一種強迫症似的記錄，記錄滿了就燒掉。每一天，每一天。

這本燒掉了，就再買一本。然後到了該休息的時候，在燭光下、營火旁，一字字的記下今天的一切。

充滿腐敗、疾病、詛咒、膿血，殺戮的每一天。

應該給那個好奇心過剩的地精一個教訓的。只是……低頭看的時候，她偶爾會把地精和矮人混淆……然後心就莫名的波動了一下。

算了。擅自看她的筆記，本身就是一種嚴厲的懲罰。

但一個月後，她就湧出淡淡的後悔。早知道就該懲罰一下，讓那地精盜賊記住教訓……好奇不是只會殺死貓而已。

她剛偷襲了暮光之錘的一個小營地，殺光所有駐守的人時，卻在祭壇上看到那個嬌小的地精盜賊，表情凝固著痛苦，眼睛睜得大大的……喉管已經被割斷。

其實她真的該走了。這是邪教徒的暫時營地，她一直耐性的等到祭司帶著大批的信徒離開，才偷襲了沒幾個人的營地。她得先搜查所有的行李和書籍，時間很緊迫，祭司和大部隊隨時都會回來。

地精盜賊已經被獻祭，她也無法多做什麼。

這是一個地精，不是矮人。她提醒自己。

但她終究還是放棄了搜索行動，而是俯身抱起死去的地精盜賊，飛快的離開。在能監視這個臨時營地的小山頭，她默默的闔上地精盜賊大張的眼睛，抽出備用披風裹住她，挖了個淺墳。

掩土前，努力思索，她遲疑著，「……願聖光與妳同在。」

等等，地精信仰聖光嗎？

她偏頭想了下，「我沒拿走妳的包包。妳的扳手……還是螺絲起子，也會與妳同在。」

感覺好多了。

她掩土。不用害怕，陌生人。妳要去的地方，我們人人都要去。

不用害怕。

眺望著山下暮光之錘的臨時營地。已經開始騷動了……死那麼多人，當然。

但他們不知道，這只是個開始，並不是結束。喜歡收割他人生命，就會被收割生命。

他們如此，吾輩亦不例外。

隱匿在陰影下，她躡著和黃金豹相同的貓步，鎖定了一個略微落後的邪教徒。她的脣角，湧起一絲殘酷的獰笑。

興奮，狂熱。

血的饗宴開始了。更多的血。更多更多的血。將尖叫悶在嘴裡，並且享受你的無助和恐懼吧。

你們不就這樣饗宴過其他人？屍骨堆積如山？該付帳了。

用你們的生命來付帳吧。

就像以前無數次，她用狡詐奸詭的暗殺，悄悄的收割了一個或一小群，直到收割完畢。但她這次有點失控……以前還會留幾個活口聽取情報，這次卻殺得剩下祭司一個。

「不要害怕。」她柔聲的對著被拷問得奄奄一息的祭司，「你要去的地方，我們人人都要去。」

「我……我不能，我不能告訴妳主人的名字……求求妳饒過我，我、我只是聽從主人的命令……啊！……」

他的血濺到獵人的臉龐，瀕死的哀鳴，從尖銳到微弱，悄然模糊，剩下血淹滿喉管的呼嚕聲，然後安靜下來。

非常安靜。

從她懂事以來，一直糾纏著她的細語，在這樣大量的血之饗宴後，總是可以短短的安靜片刻，如同此時。

甜美的、血腥的寧靜。

她蹲下來，搜索祭司身上的所有。一些沒什麼用的金幣、珠寶……一本祈禱書，寫滿了胡說八道。

敏捷而迅速的搜索了所有死人和營地，金幣、糧食、酒……更多沒用的書……和一本命名法典。

總算。

她放火燒了祭司不成人形的屍體，默默的等他燒盡，將殘骸踩入泥地裡，確定再也不能復活成不死生物。

其他都是雜魚，就這祭司比較有點用。她可不想再殺祭司第二次……腐朽的血肉，不能饜足瘋狂細語的胃口。

唔，今晚筆記，有很多可以寫的了。乘著虛空龍翱翔，她默默想著。

之二　穢惡

她選了一處僻靜的荒野降落，殘破的屋子，屋頂半塌，但還有四面牆。附近杳無人煙，好地方。

天一點點的暗下來了，白女士皎潔的臉龐在天空凝視著……夜精靈崇拜孺慕的伊露恩。

在她很小的時候，為了縈迴不去的邪惡細語引發的劇烈頭痛和惡夢大哭時，脾氣暴躁的矮人養父，總不耐煩的咕噥，抱著她說很多古老的故事。

伊露恩與白鹿，和他們所誕生的森林半神。順著養父的指端，她仰頭看著伊露恩皎潔的容顏，著迷而漸漸平靜了啜泣。

那是很久以前的事情了。克林斯也過世很久很久了。

她收回目光，撿拾乾柴，用火石點燃，起了篝火。翻開命名法典，邪惡細語突然嚣鬧起來，震耳欲聾。頭痛漸漸追上來，如閃電擊中，眼前爆炸著燦爛又陰暗的殘光，順著眼窩一直劈進兩鬢延伸的痛楚，逐漸加劇。

看起來這本破書是有用的。

她嚴厲堅決的將習慣的劇痛和震耳欲聾的細語推到一旁，一行行看著邪教法典。很凌亂，沒有系統。這是某個暮光之錘的法師或術士，零星記載所見惡魔或偽神的記錄。

雖然很像瘋人院的塗鴉，但她終究在當中找到兩個熟悉的符號。名為「傲慢」、「暴怒」的穢惡符文……最少非常接近。沒有完全一致，或許是筆誤吧。

這是她最接近真相的時候。

但是文字記錄很少……真的很少。更不可能有真名，只有俗稱，「污染者」。污染者。對……她追蹤的路程中，這個名字反覆出現。或許她的狩獵終於有了成果。

心口熾熱，狂燃著憤怒的火焰。污染者。她無聲的唸了一遍。

你試圖抵抗，你緊抓著自己的性命，好像這對你似乎很重要……你將會學到教訓的……

陰森森的聲音，像是從地底冒出，在囂鬧吵雜的邪惡細語中，異樣清晰。一個扔不掉的小箱子，玩具般的解謎箱。充滿惡意的掛在她的腰帶上。

讓她劇烈的頭痛更劇烈，像是有人用鈍斧慢吞吞的劈開她的頭顱。雪上加霜。

她沒有像往常一樣叫它閉嘴，只是冷笑一聲。輕輕哼著歌。

「在沉睡之城奈奧羅薩中，四處行走的都是瘋狂的事物。

奈奧羅薩是一座古老、恐怖與無盡罪惡的城市。

看看你的周圍，這些人全部都會背叛你，你會尖叫的逃入黑暗的森林……

在沉沒的城市中，他在那裡沉眠著……

溺死之神的心就如黑冰……

魚群都知道所有的祕密，他們知道何謂冰冷，他們知道何謂黑暗。

星辰劃過寒冷的海流，其冰冷讓人在黑暗中發抖。

在海洋的深處就算是光也會死亡……

你又做了相同的夢了嗎？一頭有著七個眼睛的黑色山羊正從外面注視著你。

巨鳥從死樹上看著，在他的陰影下沒有任何生物的呼吸。

在幽暗的樹林內有隻小羔羊迷失了……

它就站在你的背後，別動，別呼吸……

你祖先那些受盡折磨的靈魂正緊抓著你，他們在沉默中厲聲尖叫，他們的人數是數不清的。

你試圖抵抗，你緊抓著自己的性命，好像這對你似乎很重要……你將會學到教訓的……

任何地方的任何事物都有靈魂，而任何的靈魂都能夠被吞噬……

就連死亡本身也會死去……

真實與虛假之間沒有任何的分別……

虛空吸你的靈魂為食，它滿足於緩慢的饗宴你的靈魂……

你作夢是因為你在睡覺還是因為你想要逃避現實的恐懼呢？

在蠻荒地區那些安靜、沉睡、醒目的房子總是在作夢，把它們拆毀是一件慈悲的事。

打開我！打開我！然後就只有你才會瞭解何為真正的和平。」

這就是解謎箱所能發出的所有話語，沒有辦法超過這些話語之外。將它所能說的話說完，這個邪惡的箱子只能緘默。

雖然她頭痛得更厲害，袖子緩緩的沁出血跡，在視力所及的遠方，某種惡魔或偽神爪牙的模糊分身，慢慢往她的方向靠攏。

血跡越來越擴大，兩只袖子印出七個清晰的穢惡符文，像是七個眼睛。

痛。很痛。痛到兩隻手臂都快抬不起來。邪惡越靠近就越痛，邪惡的低語變成尖叫。

這就是用血腥換取安寧的代價。只要她犯了「傲慢、妒忌、暴怒、懶惰、貪婪、貪食、色欲」當中一種罪行，邪惡的某種玩意兒就會找到她，索取牠自認為的祭品。

幾乎聽不見，看不到，痛得讓人想去死。

所以？又如何？

「不是你不放過我……是我也不放過你。」她傲然的扛出一把槍，「不要用軟弱的分身引我發笑……面對我！用你真正的面目面對我！」

是，她看不見。在劇烈頭痛的發作下，她看不見。而她曾經遠赴外域，求惡魔獵人奧翠司❸收她為徒。她願意拋棄視力……反正關鍵時刻往往視力就會失去作用。

但奧翠司拒絕她，抬起蒙著眼的臉龐冷冷的對她說，「不。倒不是因為妳是個人類，或者妳已經被邪惡玷穢。而是，妳若不能平息狂風般的饑渴……對力量和血腥的饑渴，成為惡魔獵人對妳和世界只是災難……從我手裡誕生另一個伊立丹・怒風❹，我無法忍受。」

---

❸奧翠司：魔獸世界的NPC角色，身為惡魔獵人卻不效忠於伊利丹，並且積極征討邪惡的燃燒軍團。

❹伊利丹・怒風：魔獸世界人氣主角之一，他放棄自己的視力，並且在身上刻畫充滿力量的惡魔符文，藉此獲得看清亡靈與惡魔的心靈之眼，成為一位惡魔獵人。不斷追求更強大的他，最終成了半夜精半魔的生物，被趕出夜精靈屬地後成為外域霸主。

奧翠司拒絕她的哀懇，卻將一個只能用一次的黑色爐石放在她的掌心。「善用妳自己的力量……是的，妳也有自己的力量，抵抗到底吧。若是抵抗失敗……來我這兒。我為妳解脫。」

善用自己的力量。是。她看不到聽不到，但她還有動物夥伴，名為「火之靈」的黃金豹。

牠的眼睛替代她的眼睛。牠的知覺替代她的知覺。

槍火怒吼，正確無誤的轟進第一個撲進門內的邪惡爪牙。

來啊。

像以前無數次相同，她敏捷的將子彈射入邪惡爪牙體內，一一消滅。在幾乎痛到發狂的境地裡，更狂暴悖亂的大開殺戒。動物夥伴露出獠牙怒吼撕裂所有眼前的敵人，宛如她怒火的延伸。

直到天明，直到一切緘默為止。

全身沾滿邪穢腐敗的血肉，從靈魂到肉體都被玷污。

那，也不怎麼樣。

她依舊還是她，沒有魔化成別的東西。她還活著，用不著動用黑色的爐石。

最少在殺死畢生追獵的仇敵之前，絕對不會倒下。

在那之前，她會克制住自己，不犯七原罪……盡量。她的生命不能浪費在跟這些垃圾爪牙消磨中。她發誓一定要把子彈筆直的射入仇敵的頭顱中。

用克林斯送她的槍。

但為什麼會引發七原罪的後果……她不願深思。即使地精盜賊粉嫩的臉龐浮現在她的腦海裡……她堅決的推開，不去想。

控制住自己……控制住。妳還是個人類，即使是個出生不久就被獻祭過的人類，生命依舊脆弱不堪。

不要過度的把自己消耗殆盡。

她強迫自己睡一下。最少在夢境中，她能夠暫時的安寧，純淨而無瑕。

再多的玷穢也沒辦法徹底征服她。最少靈魂如此，夢境也如此。

之三　追獵

突然被驚醒，有人在附近。

但火之靈將下巴放在前肢，眼睛半闔半閉，很悠閒。

果然，警戒著踏入破屋的，是個人類的農夫。

那個陌生人緊張的看了她一會兒，緊緊的握著草叉，又看看她的動物夥伴，鬆弛下來。

「小夥子，你怎麼會一個人在這兒？」農夫有點擔心的提醒，「太陽快下山了……晚上會有奇怪的東西晃來晃去，你還是……你受傷了?!」

傷？手臂的穢惡紋身已經安靜癒合了。她身上乾涸的血跡大半是邪惡爪牙的。

「……沒事。」

「什麼沒事？」這個有點年紀的農夫不滿，「小夥子，我知道你是冒險者……

但多少冒險者埋在墓地裡，你知道嗎？不要造成我們的麻煩……挖墳埋屍體也是大工夫！」

長年壓抑情感，遠離人群，她不但拋棄性別，也拋棄所有溫暖。這讓她侷促的不知道怎麼與人交流。最終拙於口舌的她，靦腆的被老農夫邀去家裡過夜。

溫暖、充滿笑聲的家庭。樸實的食物和暖烘烘的壁爐。

唯一格格不入的，就是身隨邪惡陰影的她。

但這些人什麼都不知道，熱情的招待她，甚至替她燒熱水，好讓她洗去一身血污的旅塵。邀她同桌吃晚飯，笑語嫣然。

很溫暖，沒錯。她漫長的旅途中，會遇到這些溫暖的人們……偶爾再相遇的時候，不是成為一具冰冷殘破的屍體，就是成為眼神空洞的邪教徒。

最糟糕的就是，有時會成為充滿怨恨的不死生物。

脆弱的美好，短暫的溫暖。

這個世界實在太不安全，災難層出不窮，所有的溫暖和美好，都非常脆弱短暫。

但是劈哩啪啦作響的壁爐，和人們歡欣的笑語，讓她朦朧思睡，像是回到美好的老時光……

回到克林斯的身邊，爐火溫暖，剛從蛋裡孵出來沒多久的小鷹角獸啾鳴。

「戰士？妳這瘦骨頭的軟弱人類當什麼戰士……」克林斯啐了一口，「雖然我克林斯的女兒就算是個軟弱人類也很猛啦我承認……不過妳還是去當個獵人吧，我還能打造幾把槍給妳用。」

克林斯只是嗓門大而已……以為這樣就能嚇跑人。但她是這個暴躁矮人養大的……她從來沒有怕過他。

不過，克林斯喜歡她當個獵人，她就乖乖的拜村子的老練獵人當老師。當一個最好的獵人，讓克林斯驕傲的獵人。

但她不只一千次想過，若是她違抗、執意當個戰士，會不會好一點兒……最少她不會因為老師給予的試煉，跑去山裡捕捉第一個動物夥伴……回來卻面對整村滅亡，只找到克林斯半個頭顱的下場。

從他臉上的疤和鬍子，她才勉強認出自己的養父。

「……爸爸。」抱著混著泥土、鮮血和腦漿的半個頭顱，她喃喃的喊。

克林斯不喜歡她喊爸爸。因為這個表面壞脾氣的矮人，其實很害羞。或許他很喜歡，只是不知道男子漢該用什麼樣的表情聽她喊「爸爸」。

她好像哭了很久很久，蹣跚的起身，將養父和死去村人的殘骸收斂在一起，火葬。這不是個安全的年代，克林斯生前總是嚷嚷著，他一定要火葬，不留一點機會當活死人。

渾渾噩噩的，她不知道自己在村子裡待多久。直到偶爾會來拜訪養父的叔叔阿姨對她痛下殺手。

「早就跟克林斯說過，絕對不能留下妳！」法師阿姨厲聲，掉下眼淚，「看看現在成了什麼樣子！當初就該將妳掐死在祭壇之上！」

她逃走了，然後因為不解的暴怒引來第一次邪惡爪牙的攻擊。若不是火之靈的護衛，她差點就死在這次襲擊中。

漫長的流浪、流浪。幾次她偷襲或陷阱，逼問那些從小就認識的叔叔阿姨，緩慢的拼湊事實。

她終於恍然大悟，為什麼她手臂上有七個紋身。為什麼總會夢見一些奇怪的惡夢……兩張陌生又熟悉的臉孔，充滿空洞和狂喜的眼神。手臂尖銳的刺痛，她使盡全身力氣的大哭……環繞著奇怪味道和血腥的祭壇，躺在上面蔓延著無盡的恐懼和痛楚。

一隻眼睛注視著她，緩緩降臨的冰冷絕望。

叔叔阿姨來探望克林斯的時候，總是跟他吵架。

「有一天你一定會後悔，克林斯……有一天！」叔叔阿姨總是對他大叫，「她已經被獻祭，總有一天會成為惡魔降臨的門戶！」

「她是我女兒！」克林斯總是用更大的聲量吼回去，「我克林斯的女兒！標準矮人的女兒，勇猛剛強！蒼穹在上……看看你們在說什麼啊？從殺害嬰兒到孩子……你們還是人嗎?!……」

克林斯和那些叔叔阿姨，年輕時為聯盟效力，曾經掃蕩過一個暮光之錘的營地，阻止了一個邪惡傳送門的開啟儀式。

祭壇上刺著七個淋漓紋身、發青的嬰兒像是沒有呼吸。

但他們難過的想離開時，身後卻響起了微弱的兒啼。

絕大多數的冒險隊員都贊成立刻殺死這個被獻祭的嬰兒，只有一個反對。那就是克林斯。

他激動異常的大叫，「蒼穹在上！矮人的鬍子啊……你們居然會說出這麼不可原諒的話語！這是一個嬰兒……一個人類嬰兒！你們這些軟弱的高個兒是在想什麼……這是你們種族的孩子啊！怎麼可以這麼若無其事的說出這種話……」

「她已經被玷穢。」

「屁！」克林斯暴跳，「不要侮辱我戰士的名譽！我絕對不能允許這種殺嬰的惡行在我眼前上演！」

爭吵到最後，氣憤的克林斯抱起嬰兒，「軟弱的高個兒……你們若不能養育自己種族的嬰兒，矮人可以！我的族人也會接納她……因為我們是重視榮譽的矮人而不是娘娘腔的軟弱人類！」

從聖騎士叔叔的口中聽到當年克林斯說的話，她的人生只剩下一件事情。

為克林斯和族人報仇。

命運殘虐的教育她，讓她一件件的摸索，了解自己紋身的意義。她緘默的流浪，視暮光之錘為死敵，連大災變都沒能殺死她，改變她的志向。

拋棄性別、拋棄溫暖與笑聲，拋棄情感。

她險些把火之靈都拋棄了……因為她想成為惡魔獵人。但是火之靈拒絕，直到她體認現在的她無法成為惡魔獵人。

除了她的動物夥伴和克林斯打造給她的槍，什麼都拋棄了。什麼，都沒有剩下。

炭爆的聲音驚醒她，她一定是睡著了。

溫暖的爐火令人輕忽戒心。

「你醒了？小夥子，你一定很累。」農夫太太和藹的看著她，幫她的腿蓋上毛毯，「要去睡一下嗎？我準備好了房間，鋪好被單了呢……」

「……謝謝妳，夫人。」她乾澀的回答。

「我不是什麼夫人啦，」農夫太太笑了，「叫我瑪麗就好了。瑪麗‧佛倫特。」她侷促的躊躇一會兒，「佛倫特夫人……我叫凱。凱‧道爾。」

最終她還是沒有留在屋子裡過夜，而是在馬廄睡了一晚。因為這戶人家，離夜色鎮還有點距離，有些邪惡爪牙逃脫了她的怒火和殺戮，正在重整並且伺機而動。穢惡的紋身隱隱絞痛。

裹著毛毯，她睜了一夜的眼睛。火之靈守在門口。

動物夥伴。她從來沒覺得火之靈是她的寵物。牠不是會撒嬌討好主人那種，一直很冷淡，帶著一種高貴的矜持。

驟眼看，牠和一般金黃色的豹似乎沒什麼兩樣，只有她知道，火之靈身上滾著薄薄的火焰，金黃色的火焰。據說別的獵人跟他們的寵物都能溝通，甚至言語。但火之靈從來沒有開過口，她也沒有嘗試過。

火之靈一直讓她感覺很奇妙，也有種尊敬。所以她不敢剝奪火之靈的名字，去或留，這隻奇怪而睿智的豹有牠自己的主張。

但也就這樣了。保持距離，是最好的距離。不要投入情感，將來才不會太痛苦。

守了一夜，邪惡爪牙沒找上門……畢竟她沒犯七原罪時，很難找到。

她告辭了，並且偷偷在農夫太太的掌心放下幾枚金幣，轉身離開。

但沒有離開太遠。要燃起暴怒是很容易的，她慢慢的將那些邪惡爪牙往反方向帶離，不讓他們有機會覬覦那戶親切又脆弱的農家。

因為我很軟弱。她默默的想。在槍口咆哮著噴火時，她懷著怒氣衝向僅存的邪惡爪牙。

衝著我來就好了，不要牽連其他人……像是牽連克林斯和族人一樣。

到我這兒來。

是的，她很軟弱。軟弱到受不了再一次看到脆弱的人們，像克林斯一樣，因她死去。

她受不了這個。

什麼都需要付出代價。誰都不能例外。不管你是惡魔還是偽神，通通不能例外。

來到我這裡，讓我殺死你或被你殺死。

她騰空翻轉跳射，轟掉一隻邪惡爪牙的半個腦袋。脣角帶著耽溺於血腥的迷離。

之四 復仇

跟之前的無數次相同，她活了下來，殲滅所有撲到她面前的仇敵化身。

受了一點傷，不算嚴重……最少腸子沒有流出來。至於腐爛和疼痛，蔓延的屍臭味，已經讓她驚奇不起來了。

當劇烈頭痛一日比一日加深，已經能壓過任何感覺了。甚至連暴躁和狂怒都必須壓抑，因為這段時間累積下來的傷口和體力消耗，已經沒辦法讓她從容應對下一波的襲擊。

而且她很專注，非常專注。她的心力都專注在污染者身上，這個最可能的仇敵。但是她能獲得的情報非常渺茫，諸多錯誤，讓她一直徒勞無功。

在她偶然去暴風城補給的時候，她有些僵硬、不抱希望的詢問，乳酪店的老闆看著她深思，「小夥子，我不認識任何一隻惡魔……不過你若想獵殺惡魔，不該去詛咒之地打聽嗎？那兒才是大宗，黑暗之門甚至就在那兒。」

這話點醒了她。沒錯，那兒才是惡魔層出不窮之所，到現在還有許多苟存在那兒的。

她低聲道謝，攏緊圍巾，踏著沉重的軍靴，前往詛咒之地。

這段旅程其實算是順利……除了一小段插曲。她在守望堡補給的時候，幾個女孩子攔住了她。

「獵人。」一個美麗的少女昂著下巴對她說，「我們要去巨槌要塞，你帶我們去。」其他的女孩子臉紅、竊竊私語和嬌笑。

凱懶懶的抬了抬眼皮，沉默的等待她的裝備修好。

「跟你說話呢！有沒有聽到？」少女惱羞成怒了。

試了試修好的槍，她點點頭，遞錢給鐵匠，轉身就要離開。

少女勃然大怒的攔住門，「你是個老練獵人不是嗎？比我們強欸！幫一下會死嗎？說話啊！難道你要眼睜睜看著我們這些弱女子……」

為什麼女人就有特權？憑什麼？

看著在她眼前漲紅了臉孔撒潑的女孩，她默默的想著。

看那衣飾穿著，都是上等質料，武器燦新，法袍或盔甲一塵不染，臉孔還帶著出遠門的興奮。

「要不是我哥哥他們沒有空，還輪不到你呢！……」女孩繼續喋喋不休。

是了。這麼一群美麗的少女，一定備受寵愛的長大，浸潤在幸福的蜜糖中。以為冒險者是個光鮮的頭銜，抱著遠足的心情。

拉低了圍巾，抬起冰冷的臉孔。俊秀得非常中性的臉龐，少年似的靈秀。

但卻是冰霜捏塑的靈秀，眼中沒有絲毫感情。連吐出來的話語都環繞霜寒。

「我拒絕。」

意識到自己滿臉通紅的少女更為羞赧，轉為怒火，伸手去抓她的胳臂，「你是不是男人？一點同情心都沒有……不然我付錢雇用你好了，要多少?!……」

卻在碰到凱之前被抓住手臂，痛得她大叫。

「謹慎妳的言辭，幸運小姐。」凱獰笑的把她拖近一點細聲，「不會一直都這麼幸運……一切都會毀滅。」

然後把她推向她的朋友們那兒，轉身大踏步的離開。

對，妳說得對，我還真的不是男人。

如果……是說，如果。克林斯還在的話……一直都在的話……或許她也會嬌養出那樣的脾氣，會喜歡打扮，攬鏡沾沾自喜。會有一堆同樣嬌嫩的朋友，小聲的說那些甜蜜又無聊的小祕密。

愛上某個無聊的人，嫁給某個無聊的人，生一堆無聊的孩子。

穢惡的紋身劇烈的抽痛起來。

這次不是暴怒引發的，而是……忌妒。是，她這樣忌妒，非常非常忌妒，忌妒到引起貪婪兼色欲，誘發不滿的狂怒。

為什麼？為什麼?!為什麼是我，為什麼？為什麼我必須拋去這些?!為什麼別人有我沒有？

頭痛欲裂，幾乎讓她忽略掉穢惡紋身的疼痛。她凶猛而怒氣的往前走，誰撲上來就給一槍，毫不留情。

直到火之靈靠近她一點。

當初為什麼拋棄性別呢？因為性別很容易誘發七原罪。她已經流浪很久、很久了。命運不是殘虐的把她教會，怎麼樣存活下來嗎？

而我之所以存活，不就是為了復仇嗎？

為什麼我會為了這麼點小事，就幾乎忘記初衷呢？

她矇住臉，緊緊咬著牙關，慢慢的，慢慢的讓心思平靜下來。找了個避風處，掏出筆記和筆，開始寫這一個小得可憐的衝突。

寫完就封印住。心裡除了麻木，什麼感覺都沒有……穢惡紋身因此平息下來。沒有出血，沒有招出爪牙，什麼都沒有。

細細碎碎的邪惡細語，繚繞不去。解謎箱發出沒有意義的句子。

沒關係，很快就能停止。一切都有個終點。

她在詛咒之地徒勞的搜索，最後守望堡的看守者卻意外給了她一個有用的消息。有個研究惡魔的血法師，就在守望堡不遠處的盤蛇谷洞穴中，祕密研究些什麼。

「我建議你去找他。」看守者說，「而且我也挺擔心的……他有點瘋瘋癲癲，硬要在敵方的巢穴裡製造一個巢穴。」他嘆了口氣，「你去拜訪他，看能不能得到你要的答案……能夠的話，勸他回來。」

居然有人公然的研究血法術……研究比惡魔還邪惡的法術。

凱沒說什麼，點點頭示意，就往盤蛇谷前進了。路上的敵人密密麻麻，慣於殺戮的她都有點納悶了。

但找到血法師卡辛．夏立姆時……她微微的吃了一驚。

那是個地精，已經很老很老。她一直以為地精最愛的是扳手，個性和平，不會跑來研究這種禁忌之術。

更不好的是，從他滄桑的臉孔，可以依稀看到那個地精盜賊嬌嫩豐潤的臉龐。

他咕噥了一聲，「我就是為了躲避那些好管閒事的冒險者才……等等，你連靈魂都沾滿了血腥和污穢。」他皺眉，仔細的打量凱，「女孩，妳不該活著，甚至妳已經被獻祭。」

或許我找到正確的線索了。

「請問，你知道惡魔污染者嗎？」她拉低圍巾，露出臉龐，聲音緊張得沙啞。

「妳在追捕污染者？」卡辛一臉訝異、狐疑，上下的打量她，「女孩，這不是扮家家酒。妳不是第一個追捕污染者的……之前的那一個甚至是個惡魔獵人。」

他扭曲著一個苦笑，「強悍無匹的惡魔獵人，殺死無數惡魔的勇者。最後卻死在污染者手裡，屍體甚至被大卸八塊……好吧，我用了誇飾法，只有四塊。

而妳，我的女孩……妳只是個獵人，非常年輕，而且已經被惡魔還是什麼鬼的吞噬過。我勸妳還是……」

我果然找到真正的線索了。

「污染者殺了我的養父……」凱打斷他，「還有我養父的族人……那也是我的族人。」

「仇恨當作動機？嗯？」卡辛不贊成的搖頭，「仇恨只會引發許多不良的後續……」

「你說的是不純粹的復仇。」凱淡漠的說，「真正的復仇宛如搭在弦上的箭、槍膛裡的子彈。目標永遠是仇敵的要害，絕對不是其他目標。」她停了停，垂下眼簾，「不要污辱這兩個字的純粹。」

卡辛沉默很久才開口，「好吧。或許就該是妳來作這件事情……因為妳懂復仇真正的含意。」

她開始協助卡辛，甚至連他匪夷所思的要求都保持沉默，徹底執行。

比方說，去三個地方找回那個惡魔獵人洛拉姆斯的屍塊，拼湊縫合後，拿去惡魔祭壇復活。

只要能殺掉污染者，要她自剜雙眼、剁去四肢都行，這些都還是辦得到的。沒有問題。

雖然她小小的懷疑了一下……這樣復活的惡魔獵人，難道不是不死生物嗎？

「不是，他不會腐爛……暫時。」卡辛心不在焉的回答，「他欠了我一些債……而且他知曉污染者的真名。妳了解的，女孩。知道惡魔的真名就能凌駕在他之上。」

凱緁細了眼睛，打量著血法師。

為達目的，不擇手段，操弄生死。

默默的，她攜帶了惡魔獵人的屍塊，前往暴風祭壇。

這不是輕鬆的一仗……尤其她又紋著穢惡符文，身分是祭品，特別引誘邪惡的食欲。但要吃她，也不是容易的事情。

最終，在血腥的短暫寧靜中，她咬著右手鬆脫的手套底，拉緊，省得脫手。她的左肩已經脫臼，說不定骨折。但她暫時還不想去想，也習慣了疼痛……不過是程度問題。

結果洛拉姆斯復活之後的第一句話，是對著她怒吼，「愚蠢！你們幹了什麼禁忌的蠢事！……算了。我會先跟卡辛談談，等等來找我們！」

她更確定了卡辛想幹什麼。她幫助卡辛半強迫的要求一個德萊尼❺完成一把石製的封印小刀，卡辛雖然很厲害，一眼就看出她的靈魂沾滿血腥和污穢，卻不知道她被污染多深。

連握著封印小刀都能灼傷她。而且卡辛也說過，在現世殺死惡魔沒有用，那只是將定時炸彈變成不定時炸彈……惡魔不會真的死去，只是返回他的界面，終有一天會回返。

她深深吸了口氣，召喚虛空龍，飛返守望堡。她要先把脫臼治好，吃飽一點，休息一下……給卡辛和洛拉姆斯一些交談的時間。

一切都有終點。

＊　＊　＊

她回到卡辛的巢穴，已經把狀態調整到最好。以為會很興奮或很激昂……結果只有一片平靜。

洛拉姆斯和卡辛都很沉默，這個前任惡魔獵人沉著而堅定。

或許他也下定決心了吧。

「女孩，我需要妳的幫忙。」他開口，「我不知道幾時會回到死者的世界……恐怕沒辦法獨自打敗污染者。我需要妳的幫助……」他清了清嗓門，「更重要的是，我需要妳拿著石製小刀，直到我告訴妳可以使用它之前不要用它。」

❺德萊尼：魔獸世界種族之一，具有高度智慧和魔法天賦的埃雷達爾人。一群不屈服於世界毀滅者薩格拉斯而逃出阿古斯世界的人們，之後便將自己的部族命名為德萊尼，亦即「被流放者」。

他的音調低沉下來，充滿狠勁，「那柄石刀能將拉瑟萊克囚禁在他永恆的新牢籠之中。絕對不要遲疑！」

「好的。」她溫馴的點頭，隨著洛拉姆斯到了污染者高地。

果然，現世裡殺掉惡魔也沒用……果然，惡魔侵佔了洛拉姆斯重新復活、不穩定的肉體。

洛拉姆斯就是打著這樣的主意……所以他吼著要凱把封印小刀刺入自己胸膛，凱沒有動。

「污染者，拉瑟萊克。」凱冰冷的說，「不覺得祭品來當你的容器更好嗎？惡魔獵人不是好的容器！」

「白癡！」墮落的洛拉姆斯怒吼，「妳並不是拉瑟萊克的祭品！他也不曾襲擊過任何矮人村莊！」

「……胡說。」凱臉孔都白了，舉起封印小刀，哪怕手指也隨之不斷灼傷，刺入洛拉姆斯的胸口，藉著封印之力，她快速的瀏覽瀕死的惡魔，所有的記憶。

沒有……沒有。甚至他所專精的穢惡符文都似是而非。

「你與我，拉瑟萊克！」洛拉姆斯大笑，「我們將在虛空永遠戰鬥！永遠永遠！」

於是，洛拉姆斯用肉體囚禁了拉瑟萊克，墜入扭曲的虛空，找尋到他的終點，卻不是凱的終點。

她默默站在污染者高地，狂風不斷的吹拂，轟然雷響，下起大雨。

我的終點呢？克林斯……這是懲罰嗎？我的終點呢？

她仰頭，雨水不斷沖刷乾涸的雙眼，內心唯有無盡的荒蕪，連七原罪都逃逸無蹤。

什麼，都沒有。

「哈哈……」她先是低低的笑起來，「哈哈哈哈……」

她狂笑，在雨中瘋狂的大笑，笑到嘶啞，像是狗吠一般。

然而，她一滴淚也沒有流，荒蕪的心如死般緘默，比死亡還寒冷。

之五　惡魔

「妳跨越了一條危險的界線。」
「跨越界線的人很多，我只是走得更深入一點。」

破碎的星球，唯一保留原本綠意的納葛蘭，監控著殘存惡魔的惡魔獵人受難者，輕輕撫著僅餘眼眶的覆布，感到一股緊張陌生，又帶點熟悉的氣息，從天而降。

自願放棄視力以求看穿所有虛偽、面對真實的惡魔獵人，失明反而可以看見外表，並且透視外表之下的本質。

所以那個人下了虛空龍走過來時，受難者奧翠司凝視著十幾年前見過一面的年輕獵人。

他成為惡魔獵人已經有萬年之久，常有渴望力量的人們前來採訪，毫無例外的遭到拒絕。但只有這個人，他給了只能使用一次的黑暗爐石，好讓她無法控制根深柢固的邪惡時，能到奧翠司眼前，讓他為之解脫。

從外表上來說，她幾乎沒什麼變化……但內在完全不是那回事了。

當初見到她時，雖然聲稱拋棄性別以及一切，但依舊能夠一眼就分辨。畢竟性別除了外貌和打扮外，還有一種微妙的氣息存在，並不是遮起第二性徵就能解決的。

那時的她，沾滿血腥和污穢……卻也只是沾上而已。勉強控制著情感，情感依舊像是狂躁的野馬，隨時會脫韁而去。

那時的她，即使極力模仿男性，依舊殘存少女的氣息。

現在，現在。

血腥和邪惡已經侵染進去，所有的情感卻殺戮殆盡。女性的氣息已經完全消失了。嚴重的魔化讓她的靈魂宛如切割精美的黑冰，完美切面閃爍著光芒，冒著污穢的寒氣。

讓他沒有格殺當場的唯有，她的靈魂之火依舊不屈的在黑冰的核心燃燒。

「妳跨越了一條危險的界線。」沉默良久，奧翠司終於開口。

她笑笑，卻沒有一點歡意。「跨越界線的人很多，我只是走得更深入一點。」拉下圍巾和兜帽，俊秀的臉龐只餘漠然和平靜，「或許哪天我能跨越到別人不曾跨越的極限……目前還只是啖食惡魔而已，邪教徒就不行了……滿浪費的。」

凝視他良久，奧翠司嘆了口氣，「凱特・道爾，妳來尋求解脫嗎？」

這個情感死寂的獵人，終於有了一絲情感波動。「時候未到吧，惡魔獵人。」她很快的敉平那絲波動，「現在我叫做凱。」

否定一切，包括自己的名字。拋棄所有，殺害自己所有情感，僅餘憎恨，因為憎恨渴求強大的力量。

很古老又很熟悉的經歷。所有的惡魔獵人都經歷過……然後殞落在戰場上，剩下的敗給過度吸收惡魔力量被清除，更有些臣服於力量而墮落。

當了一萬多年的惡魔獵人，直到現在依舊飽受折磨，他比誰都明白。

「年輕的人類，妳沒有必要如此。」奧翠司輕嘆。

「我……遭遇到強烈挫折的時候，曾經試圖放下復仇，當個平凡人。」凱微微的笑了笑，沒有一點溫度，只是禮節性，「但失去『復仇』，我就只是個卑鄙苟存的螻蟻，應該去死。既然連死都可以了，那也不妨跨越界線看看。」

她頓了一下，語氣轉柔，「反正你，答應幫我解脫。」

「……說明妳的來意吧。」奧翠司冷漠的問。

凱俯首表示敬意，然後抬起頭，「我在影月谷追查我的仇敵……畢竟那裡惡魔最多。我獲得了奧多爾❻的信任，但他們對惡魔所知甚少……他們建議我來尋找你，依舊保有尊嚴的惡魔獵人。」

「哼。」奧翠司冷笑一聲，卻沒多加評斷。惡魔獵人只是被所有種族排擠恐懼的存在，像是一件危險的工具，需要的時候才會想到。

不過，無所謂。

「那妳就證明，妳站在我這邊吧……啖食惡魔的獵人。殺死名單內強大的惡魔，證明妳也是惡魔的死敵。」

「好的。」她露出美麗卻猙獰的笑，惡意濃重的情緒波動，「我會留下頭顱不吃掉，送到你面前。」

❻奧多爾：古老的德萊尼祭司。

果然送到奧翠司面前的惡魔頭顱，頸部的斷裂處都有啃噬的痕跡。她細心洗漱過的面容乾淨，卻環繞著濃重的血腥味。

「妳不該這麼做。」

「……我沒有辦法像你們惡魔獵人般，吸取惡魔的能量，成為惡魔的化身誅殺惡魔。」凱淡淡的說，「但我是被吞食過的祭品，邪惡選定的容器。所以將他們啃噬消化後，雖然效果差很多……但依舊是惡魔最好的歸宿，受難者，你不覺得嗎？」

奧翠司安靜了一下，「不贊成，但難以反駁……閒聊到此為止。奧多爾不會無償給妳線索吧？他們一定有著什麼目的，卻不想和污穢的惡魔獵人打交道，才將妳派來。」

「很正確。」凱點了點頭，「他們想清除伊立丹的餘黨……他的弟子瓦瑞迪斯和他的追隨者。伊立丹教導了一批血精靈成為惡魔獵人。」

「偽物。那些只是虛有其表的贗品。只知道力量，卻不知道惡魔獵人尋找力量的真正意義。」奧翠司冷冷的回答，「不過瓦瑞迪斯的確是個異數，奧多爾想殲滅他？我替你們感到同情……不可能成功的。除非，妳進入暗影迷宮，據說『煽動者』黑心擁有一本『惡魔之名法典』……」

「只要擁有惡魔的真名，就能凌駕於他之上。」凱微微彎了嘴角。

這孩子蠻勇的衝撞禁忌的知識和領域。或許現在讓她解脫？趁還能壓制她的時候？

哼。罷了。結果很有趣也說不定……照她侵染的程度，早該發瘋或墮落……一個區區人類，卻獰笑著保持神智和清醒。

「我很期待。」奧翠司冷冷一笑，「招募幾個不要命的冒險者吧。」

招募？我不需要招募任何人。踏入暗影迷宮，充滿穢惡鮮血的氣息，讓她深深吸了口氣。

真是體貼的邪惡者啊……佈置這樣適合的舞台，完全把她殘存無幾的罪惡感徹底安撫。

「收帳了。」她自言自語，舔了舔脣。火之靈回應似的咆哮一聲。

這是她最喜歡的時候。讓那些邪惡者倒在被加害的死者身上，無辜者和罪惡的血交融。邪惡者跪在他們製造的屍骨旁求饒，然後她的槍冒出巨大的槍火，一一處決。

來啊。

你們不是喜歡血腥、痛苦，製造死亡嗎？感覺怎麼樣啊？被自己的血淹沒、痛苦到脊髓都為之顫抖，親自品嚐死亡的味道怎麼樣啊？

喜歡嗎？高興嗎？很抱歉我沒有太多時間，延長並且仔細的折磨你們啊……哀鳴很棒吧？痛苦很有深度吧？只加諸在無辜者身上太可惜了……你們該親自經歷啊，這才是真正的享受邪惡啊！

同時也滿足我……永遠不會饜足的憎恨吧。

「煽動者」黑心的確是個優秀的法師，他召喚出來的虛空大軍給她製造了不少麻煩……甚至知道要逼近獵人的死亡五碼內。

但這只是，更刺激了凱的食欲。

她抽出背後背著的巨大鐮刀，傷痕累累而狂氣大作的揮舞，深琥珀色的瞳孔變得豔紅，梟首了強大的法師，並且一口咬在鮮血狂湧的斷頸上。

「呸呸，」凱將咬下來的肉和血啐出來，「嘖，還是不能跨越名為『人』的障礙，吞不下去……可惜了，如此強大的惡之華……」

一切都緘默了。短暫的、空白的安寧。

但她已經不希罕這種安寧了。邪惡低語也不過如此。剛開始流浪的時候，到了鐵爐堡，她在巨大的鐵熔爐異常震驚，不明白為什麼那些鐵匠在如此噪音之下沒有發瘋或耳聾……

後來她就明白了。人的適應力是很強的……那些噪音耐受到最後，就會變成背景而蒼白，能夠忽略。

不只是聲音。連痛苦、絕望……和七原罪，通通可以變得蒼白……殺害自己所有情感就可以。

犧牲情感，徹底精粹「復仇」和「憎恨」，那就可以了。

「真有趣。」她舔了舔指端的血，「很有意思。『連死亡本身都會死亡』，很有詩意不是嗎？」

解謎箱激動發出毫無意義的話語，卻連凱的一句話都沒得到。

終於到手了。惡魔之名法典。

她根本不相信任何人……尤其是渴求力量屢屢墮落的惡魔獵人。惡的力量有多強大，她最明白……若不是她強烈的復仇執念，說不定早就屈服了。

她只是想要正確的線索，只是沒想到奧翠司會這麼乾脆的告訴她這本法典的下落。

但即使她得到洛拉姆斯殘缺凌亂的筆記，極盡全力的破解和模仿，她也明白和真正的惡魔獵人相差甚遠……尤其是知識。

在她吞噬和拷問惡魔的經驗中，一般的惡魔文字已經難不倒她……但是如此精深的內容卻讓她完全摸不著頭緒。

努力了幾天，她不得不承認失敗。

或許她只能將惡魔之名法典交回給奧翠司……然後拿拓本給他看，求他告訴自己真相……如果奧翠司沒有墮落的話。

但她不是只認識洛拉姆斯和奧翠司。長久的流浪，她見過許多墮落的惡魔獵人、術士……還有極力克制墮落的死亡騎士。

那麼克制的死亡騎士，還是痛苦不堪的克制施加痛苦和折磨在別人身上的強烈欲望。

都是一些跨越危險界線的傢伙。

坐在屍骨堆上，她呼出一口煙。

克林斯喜歡抽菸斗。家裡總是有整桶整桶的菸草。她嘗試放下仇恨，迴避七原罪，卻整夜整夜的不能睡眠。

只有環繞著菸味時，她才有了一點平靜。所以她學會了抽捲菸，而不是菸斗。菸斗是克林斯的，不會是她的。

那些墮落的傢伙在繚繞的煙霧裡若隱若現，有些覺悟的，毅然決然的請她用子彈或鐮刀給予解脫。

洛拉姆斯……某種程度上也算是吧。

最後一個沒有墮落的惡魔獵人，伊立丹的親傳弟子。掂了掂充滿沉重惡意的法典……這樣好嗎？

反正是奧翠司的要求。

她仔細保養了槍枝，並且將鐮刀磨得更利。奧翠司，受難者。看你能不能度過這個難關吧……在渴求力量的難關前。

一直都冷酷沉著，像是磐石般不可動搖的奧翠司，果然在看到惡魔之名法典的時候，陷入了貪婪與狂熱。凱悄悄的將槍隱在斗篷下，另一隻手握著鐮刀的柄。

「惡魔之名法典……這本書……我能用它來增加我的力量十倍……不！百倍，千倍！所有的惡魔都將屈服在我的足下！我會……我會成為這世界最強的強者！」他漸漸的惡魔化，冒出危險的紅光，「我將比……將比伊立丹還偉大！」

真糟糕啊。凱微微皺眉，果然還是不行……

在她打算扣下扳機時，奧翠司卻滿身大汗的恢復原狀，粗魯的把法典扔給她，「不！我的靈魂不能因為這本破書就被腐化，我確定。回去將妳派來這裡的那些人那裡，滾吧！

妳現在有方法制止瓦瑞迪斯了。在他經由變形而顯露出他惡魔的形式，當他的面燒掉這本書。那將是妳能剝奪他力量的唯一方法。」

「……燒掉？」凱不敢相信的問，「你不想看一眼嗎？」

「住口。」奧翠司憎惡的看著她，「滾！」

但那個離魔化不遠，被玷穢極深的人類，卻向他屈膝。「尊敬的受難者，奧翠司。您是我所見唯一一個成功抗拒而沒有墮落的越線者。請求您以『利他』的目的，在這本書焚燒之前，幫助我。」

這是……嘲笑？奧翠司狐疑的看著匍匐屈膝的人類獵人，畢竟她見到自己失態的一面。

「我願成為您永遠的奴僕，尊敬的受難者。」凱抬起臉，深琥珀色的瞳孔燃燒著強烈的憎恨和復仇，「只要您願意告訴我真相，不管我有沒有殺掉仇敵，就算只餘魂魄，我也願意永遠受苦，永遠服侍您！」

「……任何人能滿足妳復仇的渴望，妳就願意把靈魂賣給他嗎？」奧翠司冷漠的問。

「不是任何人。」凱眼中的火焰更烈，「必須是了解何謂『純粹憎恨』的人，即使靈魂都徹底被玷污，依舊傲然不曾墮落的人！雙手不會沾上無辜者血液的人！」

……原來如此。他一直覺得奇怪，魔化到如此之深，卻依舊保留靈魂之火的緣故。如此精粹的憎恨和復仇。

「我不需要奴僕。」奧翠司冷冷的回應，「妳能給我什麼線索？未必要用到惡魔之名法典。」

凱站了起來，脫去斗篷、拉下圍巾，脫去手套，並且脫去上衣……露出纏繞滿伊露恩符文綳帶的上半身。

這就是為什麼服侍聖光的奧多爾沒將她當敵人惡魔斬殺的緣故嗎？的確，這也是惡魔獵人偶爾要進入城鎮所用的手段：在月井中淨化過的伊露恩符文綳帶。

但那也是非常痛苦的，非常非常。厭惡邪惡的伊露恩符文和以惡魔為自身力量的惡魔獵人，光觸摸就會引起劇痛，她卻纏滿全身。

凱仔細的拆掉兩臂的綳帶，慘不忍睹的焦灼和肉芽組織的扭曲傷疤遍佈，唯有七個紋身毫髮無傷的銘記。

如此穢惡的符文。

「……我很遺憾當時我還懵懵懂懂，許多重要的線索都不知道注意。」凱低下頭，「現在連回憶都很困難。非常懊悔，但已經來不及了……唯一的線索，只有這七原罪紋身。」

奧翠司擺手，沒有接過她遞過來的法典。「孩子，妳找錯方向了。或許很類似……所有純粹的惡意都很類似，但有微細的不同……妳一直帶著解謎箱，為什麼呢？妳從哪裡得到它的？」

「因為丟不掉，我是在……在……」

我在哪裡得到這個解謎箱的？

努力思索，卻只有一片空白。

想不起來。

渾渾噩噩的逃走，渾渾噩噩的差點被襲擊到死亡。是那時候？不，是更早……更早……那兩張俯瞰她的，陌生又熟悉的臉孔，那個男子當作沉重墜飾，幾乎垂到她的臉上。

「這個解謎箱的全名，惡魔之名法典裡沒有。但我知道。」奧翠司的聲音低沉下來，「『尤格薩倫的解謎箱』。」

尤格薩倫，千喉之獸，統御北裂境的上古之神。

以為在她眼中會看到絕望，卻只看到空白的狂喜和虛無。

找到終點的喜悅，是嗎？

或許別人不明白，但他們這些膽敢跨越界線的踰越者、褻瀆者，往往都在等待自己的終點，欣喜若狂的迎上去。

「妳不要太高興。僅憑一個獻祭的嬰兒，尤格薩倫不可能降臨。我猜想是他的僕人或隨從吧……即使如此，那也不是妳一個人可以撼動的。」他輕嘆口氣，「妳需要夥伴。」

「……不需要。」她露出一個真正的微笑，「我雖然和惡魔很接近……只差一步了。但我手中沒有染過任何無辜者的血。我跟惡魔和邪教徒的分別，只在這裡。」

「我不要牽連任何無辜者。」

她慢慢的把繃帶纏回去，穿著上衣、斗篷和手套，深深的一禮，「感謝您。受難者，奧翠司。若我還有殘存的魂魄……我將永遠服侍您。」

狂笑而去，即使虛空龍縱飛翺翔，連天風都沒辦法颳散她狂傲的笑聲。

找到終點了。終於找到了。

克林斯……在被押往地獄的途中，我能再見到你嗎？

我想是不可能吧……我的罪孽這麼深重，上天不會賞賜我這唯一的願望。

沒關係。克林斯……牽連你們就夠了，我不會再牽連任何人。

終點就在眼前。很近了，很近了。

原來，線索一直在我身邊。

「原來你還有點用處嘛。」拎著解謎箱，凱獰笑著施了一點力，因此產生了一絲裂痕。

解謎箱尖銳的慘叫，繼續胡言亂語，卻也只能慘叫而已。

之六　終末

她正在什麼都沒有的大漩渦附近徘徊。拋下手中拷問得血肉模糊、已經斷氣的納迦。

最可能的地點，就在這兒了。

若不是應了陶土議會的徵召，她也沒有辦法在深海呼吸和遊走……更不可能尋找到這裡吧？

被淹沒的城市，連傳說都不存在的城市。

「沉睡之城奈奧羅薩。」她面無表情的舉著解謎箱，「尤格薩倫的血液所化，溺死之神！這個城市就是你的名字……卻不是完整的名字。你的名字叫做……」

她露出一絲美麗的獰笑，薄薄的唇吐出難以言喻、令人發狂的聲音。

深海的地面在怒吼、翻湧。隱藏得很深的城市，張開巨大醜陋的口，被迫展現他的所在。

她躍入，不斷的沉、沉、沉。解謎箱再也發不出任何聲音，吱吱咯咯的不斷出現裂縫。

溺死之神，被驚動了呢。大概是沒想到他的真名被抓到。誰讓他這麼大意又惡趣味的，把自己的真名放在解謎箱中……自以為永遠打不開的解謎箱，會被自己的祭品打開。

等她觸及城市前的地面，解謎箱徹底解體了。

真好哪……這世界的邪惡又消失了一樁，不是嗎？會說話的物體、保管偽神真名的無機物，很容易被血肉詛咒腐蝕，很方便拷問哪。

溺死之神的僕從和爪牙像是蝗蟲般從破敗的城牆和城門蜂擁而出。

可見，雖然跟惡魔的規則不太相同，被掌握真名不見得能凌駕，但也不是毫無反應的吧。

她舔了舔脣，原本就已陳舊的伊露恩符文繃帶，在龐大的邪惡之前，寸寸斷裂，讓她的影子扭曲如惡魔一般。

「來啊。我餓了呢……」她猙獰的狂笑，「溺死之神，我吃光你的僕從和爪牙吧……你不需要這些無用之輩！」

在和惡魔的戰鬥中，她學會了一件事情。

的確，在現世殺死惡魔，只是讓他們回到自己的位面。但是……被吃掉屍體的惡魔，就算回到自己的位面，也會大幅削弱，甚至會被弱肉強食的惡魔界消滅。

所以，斬殺惡、啖食惡、消化惡，讓自己成為惡。就會得到力量和知識，大幅度的消滅惡。

邪惡的僕從和爪牙都差不多，溺死之神也不例外。

沒關係。我時間很多，我沒其他的事情要做。槍火怒吼、揮舞鐮刀，亮出獠牙和利爪，一一吞噬邪惡。

來啊！

成為我的血和肉，靈魂和精神，能力和知識。我會把你們……

吃、得、一、乾、二、淨。

我會吞盡所有邪惡。

高高在上的溺死之神在笑。你儘管笑吧。很快你就笑不出來了。等我吃盡你所有的僕從和爪牙，希望你還能保持微笑。

她已經不太記得自己殺了多久，吃了多久。果然，爪牙和僕從的數量越來越少……但她距離人類的形態就越來越遠。

外觀……可能有點像無面者……扭曲醜惡的怪物吧？大概。

那不重要。

張開長滿獠牙的血盆大口啖食最後一隻爪牙，溺死之神的王座就在眼前。

「走、走開。我、我我我……不、不要你。」她乖戾的對著一直跟著她的火之靈嘶聲恐嚇。

這隻奇妙的動物夥伴斜眼看她，依舊跟在後面。

這樣不行。她模模糊糊的想。該怎麼逼牠走……應該有一個法術……但過度和過多紛擾的外來知識在她的腦海裡糾纏尖叫，她發現，已經忘記獵人所有的知識。

糟糕，消化不良。

她很想笑，所以大笑了。聲音卻是那麼淒厲恐怖。

沒關係，快到終點了。再怎麼難看、醜陋、狼狽，也就是這樣而已。

伸出覆滿鱗片和扭曲黑爪的手，她用克林斯留給她的槍，朝著王座之上的溺死之神，發出第一聲怒吼的宣戰。

不管形態扭曲到怎樣的不成人形……她還是要用人們的身分，對上古之神的分身挑戰。

沒想到，我的祭品能到這地步呢。

無數如巨柱般的觸手瘋狂襲來，她將自己的意志和惡魔的力量都灌注在槍械裡，一一轟斷……卻發現這只是虛影。

溺死之神的目標只有一個。

她身後的火之靈。

沒發現吧？脆弱的人們……維繫妳的理智的，並不是脆弱的復仇或執念。而是這畜生的眼神。真好笑，會重視毛皮畜生的評價呢。

在她撲上去之前，火之靈已經被徹底絞碎，僅餘一點血肉和微弱的黃金火焰……

很快就熄滅。

狂怒席捲了她，揮起鐮刀……卻動彈不得。

妳以為，只要沒沾上無辜者的血，就能毫無顧忌的吞噬惡？太天真了……妳殺了一個無辜者。

「我、我……我沒有。」她僵硬的抗辯。

妳殺了。妳殺了！妳殺了「自己的情感」！讓「自己」噴湧沒有顏色的鮮血！妳讓「自己」的情感滅亡，只為了迴避七原罪！妳讓「自己」這個無辜者陷入比死亡還不幸的命運！

被斬斷了塵世最後一絲依戀，她那高傲的動物夥伴。她早就殺害了自己所有的情感，的確讓自己陷入比死還可怕的命運。

「……但我不是無辜者。」她做最後的掙扎。

溺死之神緩緩的笑了起來，像是從脊椎灌入冰渣。

我根本不知道那個矮人養了妳，祭品。我只是剛好在附近被召喚，回返時順便玩玩而已。

所有被吞噬的惡都一起發作反噬，將她的意識絞碎。像是一個破布偶一樣，呆呆的站在溺死之神面前。

他很滿意。這是她虔誠的雙親產下、親手刻上符文，奉獻給他的純淨祭品……就為了交換他的玩具，一個解謎箱。

是他的、整個都是他的。

不管是多麼微小的祭品，只要奉獻給他，就屬於他。

螻蟻似的人們居然敢打擾他的享用。不過，真是有趣的巧合呢。只是興之所致的玩樂居然激發了弱小祭品的潛能，讓她變得如此美麗又美味。

到我這兒來。

拖著已經和手臂融蝕在一起的槍和鐮刀，她溫馴的抬起破碎的臉，聲調僵硬呆板，「是，我的主人，我的神。」並且邁步向前。

無數的觸鬚或觸手將她捲起來，將她塞入充滿利齒、巨大的口中。溺死之神是尤格薩倫一滴血的化身……所以嬌小很多，但外型相差不遠。

不一樣的是，他在喉嚨也長了一顆眼睛。因為他喜歡觀看被他咬嚙的脆弱人們，痛苦慘叫的模樣。

但他沒看到意料中的哀號求饒。即使靈魂被咀嚼，那張不成人形的臉孔，卻浮現出溫柔的笑，幾乎是寧靜的。

「果然……我以前就看過了呢。」她瞄準了喉嚨裡的那顆眼睛，槍火怒吼……然後被眼睛噴出來的強酸腐蝕了槍枝和半個手臂。

克林斯的槍也沒了。但很值得……能讓這隻怪物痛得翻滾，就很值得。

「偽神！」她猙獰的擰出怒紋，「不要小看人類啊混帳！我可是……連自己情感都敢殺害的狠角色啊！」

舉起鐮刀，她徹底砍爛咽喉裡的眼睛。溺死之神的哀號幾乎要將她的殘存震碎。

武器都沒了。她甜甜的一笑。

張開獠牙，她從內部一口一口的咬下偽神的身體，直到完全啖盡為止……

讓他再也回不來。

＊　＊　＊

結果也不能安息啊……混帳。

即使她已經吃掉整個沉睡之城的所有邪惡，包括溺死之神……她居然還得在意識中戰勝所有邪惡，和溺死之神搶奪身體的主控權。

難道我不能休息嗎？難道我的終點就是這麼漫長？

幾乎看不到盡頭……為什麼她還沒倒下？凱很納悶。

但她終究還是殺光了所有的惡……除了溺死之神。被她的意識砍殺到剩下一點渣，卻逃到意識最陰暗的縫隙。

只會睡覺的笨蛋。不知道什麼是主場優勢嗎？這，可是我的心靈啊。

封印了裂縫。她想睜開眼睛……才發現，她的左眼已經腫得睜不開，右眼則是在激烈的意識戰中，爆裂成血漿，只剩眼眶而已。

身體……好沉重。

吃掉偽神和他的愉快奴隸們，結果……身體變成這個樣子。除了頭顱還有點人形，身體像個巨大的海參……甚至不能夠穩固形體，不斷的崩壞和重建。

她真的累了。算了。就這樣吧……她很想睡過去，再也不要醒過來……只是被她打開的沉睡之城，那個醜陋的開口依舊無聲的張著。而被封印的溺死之神，在她打瞌睡時就蠢蠢欲動。

不要管了，她好累。

克林斯……我盡力了。你會……原諒我嗎？……

想得美。

克林斯一定會大吼大叫，咆哮著，「軟弱的人類，站起來！我克林斯的女兒怎麼可以變成一灘爛泥……站起來！要死也該站著、像個英雄似的死！」

好過分。克林斯你真是……太過分了。明明我好累。

她的頰上滑下兩行血，全身用力到顫抖，爆破所有細胞，困難無比的重建。

這是個很漫長、痛苦的過程。溺死之神又像是毒氣般，在她略微鬆懈的時候，從縫隙中冒出來，試圖搶奪主控權。

像是徒勞無功般，不斷重複凝聚、潰爛、凝聚、潰爛。每次她氣餒想要放棄時，記憶裡的克林斯就冒出來罵個不停。

真不給人安生呢。

她還以為會在過程中死亡，結果命運才沒有那麼仁慈。她到底還是恢復了人型，但也不得不承認，她只是困住了溺死之神，卻沒能消滅他。

她能封閉沉睡之城，不讓人們隨意擅入，但沒有辦法消滅困在她意識裡的溺死之神。

不過，這個偽神已經很虛弱了……若是她的意識和肉體消失，大概他也活不成吧？

所以她連自殺都不能。這渾球一直干擾她。

真不想麻煩別人……她想。

不過她也承諾過，若是還有殘存的部分，願意一直受苦，當他永遠的奴僕。誰知道呢？說不定惡魔獵人能好好利用她剩下來的屍體還是啥的。

她在身上挖了好幾個洞，位置都不對。重塑肉體後位置都跑掉了……最後在咽喉下面一點找到。

那個黑色的爐石。

頓了一下，她沒敢回頭看。那是火之靈應該在的位置，現在卻什麼都沒有了。

不要想了。反正很快就會看到牠……運氣好的話。

* * *

她回到奧翠司的面前，很想說什麼……才發現她忘記怎麼使用聲帶。掙扎了一會兒，她疲乏的跪下，將鐮刀的殘餘刃鋒捧給他，然後仰起脖子，露出毫無防備的咽喉。

奧翠司一定會懂的。

雖然已經盡力回復人形……但她的頭髮全成了細細的觸手，像是蠕動的海蛇。左眼依舊腫得睜不開，無力治癒，右眼只有眼眶。

奇怪的是，她依舊看得見……只是這世界變成深深淺淺的紅色所構成……沒想到紅色這麼有層次，冒著誘人的血腥。

可惜她把情感都殺光了……不然會很亢奮也說不定。

深深淺淺的紅構成的奧翠司，沒有接過殘餘刀鋒，卻舉起他的暗月雙牙刃……

幸好失去眼珠，還有眼皮可以闔上呢。她真不忍心看奧翠司的表情……

海蛇似的畸形頭髮，被按住了。她緩緩睜開失去眼珠的右眼，注視著紅色所構成的奧翠司。

「妳做得很好。」這個活了上萬年的惡魔獵人微微露出一絲微笑，「從今天起，妳就是我的學生。第一個人類，並且是女性的惡魔獵人。」

＊　＊　＊

不知道為什麼，奧翠司沒有奪走她的左眼，而是盡力搶救。最後還親手縫製了一個單眼罩，讓她遮住失去眼珠的右眼。

這樣，她看到的就是普通人的世界。雖然視力有點受損，望出去有網狀陰影和飛蚊，但色彩繽紛分明。

「……惡魔獵人不是要犧牲視力嗎？」凱很迷惘。

「妳已經失去一隻眼珠了。」奧翠司淡淡的說，「妳是我的學生，我說了算。」

「溺死之神……還在我意識的裂縫裡。」她更迷惘了，「其實應該……」

「上古之神潛伏在世界的角落，都要破土而出了……也沒怎麼樣。何況溺死的傢伙只是個小咖。」奧翠司更淡然，「我的學生不至於連個小咖都壓不住吧？都能活生生吃掉了。」

「但是我累了。」

「不行。我活過一萬年都沒喊累，還沒活破百歲的小孩子喊什麼累。」

凱緩緩睜圓了她僅存的左眼，輕輕嘆了口氣。

這些大人……真霸道。克林斯這樣，奧翠司也這樣。

算了。她當初承諾過……她向來遵守承諾。

「其實我當奴僕就可以……」

「我不需要奴僕。」雖然蒙著眼，她還是覺得奧翠司在睥睨她，「當我的學生辱沒妳？」

「……沒有。」

「很好。」

納葛蘭的風很暖。即使梳過她海蛇般的頭髮。

以前，她會想，當復仇結束的時候，或許就什麼都沒有了……畢竟她把情感都冷血的殺害殆盡。變成這個樣子的時候，她也曾想，奧翠司會毫不猶豫的動手。

結果，即使身為「人們」，她還是太小看了「人們」。

因為讓熔漿似的復仇腐蝕過，她才了解那種痛苦。即使怎麼殘殺壓抑情感，還是會不屈的冒出新芽。

苦於惡魔之力腐蝕痛苦的奧翠司，還是會有萌發憐憫的時候。

不要小看「人們」。

「火之靈，回家吧。」她有些沙啞的呼喚一隻撿來的黃金小豹，「不回家煮飯，奧翠司一定會研讀什麼鬼的忘記還有吃飯這回事。」扛起獵來的塔巴克羊。

這隻很跩的小豹，斜視她一眼，眼神非常高傲。

「嘖，真不知道你們是什麼……」凱抱怨了一聲，邁步往前走。

夕陽把她和小豹的影子拉得很長。金黃色的小豹燦亮，像是滾著黃金色的火焰一般，非常美麗。

番外篇之一　食欲

「……果然是我不夠好嗎？」窗外傳來顫抖的少女聲音，聽起來可能快哭了。

「當然不是。妳是個很好的女孩子。脾氣溫柔又有耐性……」微微沙啞的聲音回應，很有磁性。

「那為什麼……」

「若不是我也是個女性，或者……」沙啞的聲音無奈。

哇的一聲，少女泣奔，哭聲漸去漸遠。

又來了啊。奧翠司支著頤，更無奈的想。他唯一的學生默默的走進來，即使只剩下一隻眼睛，宛如細小海蛇的頭髮綁成小馬尾，臉孔還有些細小傷疤……但有些人就是能把缺陷化為充滿魅力的特色。

就像他唯一的學生，依舊俊美無儔。

……但她是女的。

怎麼有人能把性別拋棄得這麼徹底……連他這個日夜相處的老師都能常常忘記，更何況那些倒楣的德萊尼少女和冒險者。

清了清嗓子，「其實……凱特。性別……沒有那麼重要。」相處了一年多，其實他已經放棄這方面的努力了。感情能萌芽、重生，被拋棄的性別就更複雜了……

他的小徒……比男獸人還man，想來是不會有男人愛上她了。雖然女人跟女人相戀有點怪，但在他這個奇特的小徒身上，卻沒什麼違和感。

「奧翠司，我也這麼覺得。」凱特居然爽快的同意。深思了一會兒，她終於說話，「其實是因為，她們沒辦法引起我的食欲。」

「……妳明明已經拋棄惡魔生吃這種嗜好。」奧翠司深深的皺起眉。

「是的。」凱特低頭，「吃過上古之神的分身，惡魔實在太淡薄了，嚐不出味道，不吃也無所謂。」

啞然片刻，奧翠司悶悶的說，「妳不該把情感和食欲掛鉤，這很危險。」

他唯一的學生很聽話的點頭，「老師說得對……但是我……目前最強烈的情感是食欲。」她露出抱歉的神情，「她們的強烈情感我不能理解……只有食欲勉強可以比肩。」

奧翠司站起來，俯瞰著比他還矮一個頭的學生。失明的惡魔獵人，失去視力卻反而能看到真正的外表和真實……所以他也很明白，他的學生是誠摯的。

摸了摸凱特海蛇似的頭髮，他和藹的說，「這是每個惡魔獵人必經的過程，只是各有歧途。妳要學著克服。」

「……嗯，是的，老師。」

這就是惡魔獵人的宿命啊。

惡魔獵人的代表，就是曾在外域稱霸的伊立丹·怒風。奧翠司更是伊立丹的親傳弟子。但不是僅有他們而已。

當初會出現惡魔獵人，還要遠溯到惡魔入侵永恆之井……萬餘年前的戰爭。太多的人倒下，太多的死亡。伊立丹展現了一種可能，讓陷入無能為力的憎恨的夜精靈，看到一線曙光。

不管是否飲鴆止渴，的確有一小批的人學著吸收惡魔的能量，並且放棄自己的視力，將自己成為惡魔的化身來誅殺惡魔。但惡魔腐化的速度極快，為了延緩腐化的速度，這群被夜精靈社會視為大逆不道、污穢的惡魔獵人，嘗試了各種方法……終於走上凱特自行覺悟的相同道路，「滅絕情感」。

當然，事實證明，這並不是條正確的道路。滅絕情感之後，雖然遠離了惡魔的腐化，卻會被渴求力量拉向墮落的深淵。

奧翠司屬於醒悟得早的那一群。他們壓抑卻不是滅絕，而且時時的提醒自己，並且把「初衷」當作核心，而不是憎恨。

最初時會寧可為世人所厭惡而成為惡魔獵人，就是為了終止惡魔滅絕自己的種族，和所有的種族。

這一點，必須擺在一切之前。

很可惜，醒悟得早，表示在戰場上死得更早。最後他成了最後一個倖存的惡魔獵人。

從來沒想過，他還會再收學生……但凱特打動了他。這個應該墮落卻堅決的靈魂，充滿勇氣的來到他面前尋求解脫……卻不是因為她怯懦的不想活。

而是她沒忘記自己的初衷。

她應該活下去。她才是真正了解惡魔獵人之道的狩獵者。沒有人教導她，她已經自行摸索前進這麼久，未曾偏離真正的道。

她應該走下去。身為最後一個惡魔獵人的他，深感責任重大。

事實上，他對這個學生異常滿意。

學習非常認真，任何教誨都會銘記在心，很少犯相同的錯誤。他是個非常嚴厲的老師，能讓最堅強的男人痛哭流涕，但凱特從來沒掉過一滴淚，堅韌的熬過任何嚴格到簡直不講理的訓練。

從遠攻的獵人轉成近攻的惡魔獵人，並沒有讓她有絲毫不適應……或說不適應也很快的克服。

而課餘，她又非常仔細貼心，從修繕房屋到縫釦子，沒有一樣不拿手，也搶著把家務和廚房都打理得井井有條，體貼順從到讓世間所有的老師都忌妒。

一個模範學生。

像現在，他在研讀闇法典籍，凱特就安靜的像隻貓一樣。收拾好屋子，默默的在一旁寫筆記，一點都不會打擾到他。

有什麼不放心的呢？他瞥了一眼正在專心寫筆記的凱特，默默的想。

是，情感是重生的比較慢……研判世界的角度有點兒怪異。但這是每個惡魔獵人必經的道路……終究情感會重生，而且去掉「憎恨」這個「核心」，她因為自己受過難以言喻的痛苦，所以更能體諒別人的痛苦，因而有新的核心。

總有一天，她會自行領悟到，惡魔獵人真正的核心。

絕對，不會有問題。

直到有一天，他在壁爐裡瞥見凱特焚毀的筆記，當中有張殘頁，前言後語已經不知曉了，只有一句「似乎只有老師能引起我的食欲」。

……

問題可大著呢！

番外篇之二　味道

問題真的很嚴重。

自從發現那張殘頁後，細心觀察的奧翠司發現，他聽話乖巧的學生，偶爾會望著他的背影流口水。

真的非常嚴重了。

只是這孩子很會掩飾，若不是他那麼小心注意，恐怕都沒留意到她偷擦口水。

他陷入了非常深沉的煩惱。

事實上，奧翠司很疼愛這個可能是最後的學生，仔細思考後，他認為，拋棄一切、斬殺情感、背對溫暖的凱特，在某方面有嚴重的歪斜……比方說，把食欲和情感掛鉤。

為什麼會掛鉤到他身上……應該是某種雛鳥情結吧？畢竟她歸返時第一個遇見的

人就是他，感受的第一份溫暖，也是他。

再說，他是最後一個惡魔獵人。比起口味單一的惡魔，他複雜許多……不當的飲食習慣，才勾起她的食欲吧？

這真的太不正常了。

當然，他可以裝作不知道的生活下去……但是偷看凱特的筆記後，決定還是得正視這個問題。

他不想再回憶筆記內容了……絕對不能讓他最喜愛的學生走上活人生吃的道路。

雖然她拚命壓抑。

「凱特，過來。」他嚴肅的說。

正在擦碗的凱特詫異的看了老師一眼，放下抹布和碗，很溫順的走過來……然後大驚失色。

奧翠司面無表情的劃破食指，深可見骨，一滴滴的滴下嫣紅的血。「緩和妳的飢餓吧……或者吃掉一根手指、一條手臂，甚至吃掉整個我。但妳要知道這是不可逆轉的過程。」

她不知所措的站在那兒，瞳孔漸漸從深琥珀色變得豔紅，顫顫的伸出舌頭，接了幾滴血。

果然比她想像的味道還來得好。果然只有奧翠司能引起她的食欲。

但她哭了。撕下自己的衣角，纏住奧翠司的傷口，眼淚一滴滴的掉下來。

沒錯，是她僅知最好的味道……但她的心卻很痛，非常痛。跪在他面前，凱特哭得很傷心。

「孩子，妳不能把食欲和情感掛鉤。」奧翠司的聲音緩和下來，「妳並不是真的想把我吃掉……妳只是，分不清楚強烈的情感和食欲有什麼分別。」

「……對不起，老師。」她依舊啜泣著。

奧翠司的聲音更柔，輕撫著她的頭髮，「妳會明白的。之前長久的流浪，妳心底除了復仇沒有其他。現在妳有機會走入人群……多認識一些人。這樣，妳的情感才能真正的滋潤成長。」

垂首良久，凱特終究沒說什麼，只是點了點頭。

第二天，奧翠司目送他的學生走向旅程。第一站是暴風城，曾經當過獵人的凱特還是可以偽裝得很像，不會因為是惡魔獵人被唾棄。

但是凱特溫順的離開，奧翠司回到屋裡，卻覺得屋內如此之空曠，空曠到難以忍受。壁爐明明生著火，卻這麼的寒冷。

搞什麼……學生都會畢業的。他現在的孤寂未免可笑。再說，凱特只是出去歷練，學業尚未完成，總是會回來的。

……回來之後呢？她總有一天會離開。

他堅決而煩躁的把那些不該有的雜念推到一旁，一行行的專心研讀闇法典籍，什麼都不願意想。

但他到泰拉的時候多了……幾乎每天都會去一次。因為凱特每天都會寫封信，比時鐘還準，必定在下午三點抵達。

大概是寫信代替筆記吧，他想。

她說，她加入了一個幾乎都是女生的公會，那些女生說些什麼幾乎都聽不懂，但是大家對她都很友善。然後是一些瑣瑣碎碎的小事，比方去什麼地方冒險，幫助當地人解決一些小麻煩之類的。

還告訴他，公會一個叫瑪格的女生很崇拜奧翠司，提到都會臉紅。知道凱特是他的學生，激動得不得了，卻沒膽子認識他，只是紅著臉提了一些奇怪的建議。

……

果然讓她加入人群是對的。雖然有點愴然，更多釋懷，但最多的，卻是說不出的惆悵。

或許凱特不當惡魔獵人也好。在人群中，好好生活。情感會正常的滋生……反正連死亡之翼都殞落，並沒有什麼重大的災害。

只是偶爾，很偶爾的時候，他看完信，會望著凱特窗下的床發呆。他的屋子很簡陋，只有廚房和一個廣大的房間。為了凱特這個學生，他在窗下搭建了一個床，他們起居都在這兒，共用一個很大的書桌兼餐桌。

萬餘年了。連當初和他相戀，因為他走上惡魔獵人之途和他反目的戀人，印象都模糊了。一切的記憶，都只有殺戮、殺戮和殺戮，沾滿血腥，朦朧不清。

真正鮮明的，卻只有這一年多，和那個揚首露出脆弱的咽喉，絕望般平靜的小孩子，看她漸漸褪去痛苦，露出本質的清新，沉默相伴的溫暖。

活得太久了嗎？心腸軟弱了嗎？

他對自己搖搖頭，把這些無謂的雜念驅除乾淨，外出巡狩惡魔。

＊　＊　＊

他以為，就這樣和凱特斷了音訊……因為他兩天沒收到信了。

卻沒有想到凱特在家裡等著，已經洗去旅塵。

「……怎麼回來了？」很多話想說，卻沒想到說出口的是這句。

「呃，公會的夥伴，勸我回來試試看。」她笑得靦腆。

「試試看？……」但他沒再多說什麼話，因為凱特抱著他的脖子，將柔軟的唇貼在他的唇上。

這個百戰餘生的惡魔獵人整個石化了，連大腦都沒逃過，一整個失去思考能力。

「真的欸！」凱特異常興奮，「果然飢餓感緩和好多！公會的夥伴真是厲害……」

「……等等！凱特，妳在做什麼……住手！我叫妳住手……唔……妳……」

＊＊＊清新、健康、不糟糕的馬賽克＊＊＊

一夜過後依舊精神奕奕的凱特，笑得很無邪，「真好呢，不會害奧翠司受傷，就可以滿足飢餓感……謝謝招待～☆」

「……」

奧翠司的心情很複雜。他覺得自己的心靈受到嚴重傷害……他絕對不要承認很享受這種傷害。

幾天後，凱特公會的夥伴來看她，奧翠司連招呼都不打，冷臉出了門。

「有沒有成功？有沒有？有沒有？」那個叫瑪格的女生超興奮。

「有欸。」凱特的聲音超陽光，「謝謝妳們借我的漫畫……前半段還是有用的。

不過一開始，奧翠司掙扎的好厲害啊……」

「喔天啊！」瑪格一副快要融化的樣子，「天然腹黑年下攻×面癱傲嬌冰山受！萌死了啊！」

「呃……精神上我應該是攻沒錯，我先發動攻擊的嘛……但我只能當受呀。就算想攻，我也沒得攻……」

「……啥？」

「我是女性啊。缺乏可以攻的性徵。」

瑪格的臉孔褪得慘無人色。她最喜歡最崇拜的惡魔獵人奧翠司……

被天然腹黑年下萌攻（╳）

被魔暴龍金剛芭比蹂躪（〇）

「瑪格？瑪格！妳怎麼昏倒了？瑪格！……」扶著昏倒的瑪格，環顧其他面無人色的夥伴，「妳們的臉色為什麼這麼難看……？」

看著一臉傷心的凱特，奧翠司都不知道該說什麼。

「她們說要跟我絕交。」她泫然欲泣。

就算這個樣子，看起來也像美少年不是美少女啊！

「……反正那些腐女也沒什麼好來往的。」奧翠司悶悶的說。他被陰得非常倒楣和無辜……絕對不承認還有點慶幸和幸福。

凱特一臉狐疑的看著奧翠司，「她們不是不死族欸……沒有什麼地方腐爛。」

腦子都腐光了妳不懂嗎?!

「妳還是待在家裡吧。」奧翠司扶額，「等妳壞死的情感神經都長出來再說。」

「那……我可以開動嗎？我還有點餓……」凱特表情很無邪的擦了擦嘴。

「不行！我說……不可以……住手！」

關於狩獵者

其實一直都滿想寫這個故事的……只是等我構思完成，才發現真的很像烙印勇士，所以滾很久。

滾到最後還是決定寫了，一直卡著也不是辦法。

雖然是個不討喜的題材，但我本來就比較喜歡並且擅長這類黑暗。當然，因為架構在魔獸世界的世界觀中，所以我會比較手軟……沒有乾脆的墜落。

我想這也是最後一個煞車吧。

這部的起源當然是我又回鍋玩魔獸，結果一個人獨行時完成了「追尋者」和「博學大師」的成就。許多任務都讓我很有感觸……加上我又看了魔獸世界的TRPG的惡魔獵人設定，故事就慢慢形成了。

當然還有一部分是關於我對「殺害自我情感」的感想……這部分我就不想再挖自

己的傷口了。

如果可以，盡量不要這麼做，後患無窮。（衷心勸告）

女主角凱（凱特）的殺氣沖天其實是取材自卡莉女神。卡莉女神曾經和一個惡魔作戰，但那個惡魔只要流一滴血就會分裂成一個新的惡魔，最後戰場就充滿了無數惡魔。很猛的卡莉女神就把惡魔刺破腹部喝乾血，終於完全消滅了惡魔。

呃，所以看起來很像二九九吃到飽……哈哈。

我也知道，其實寫這樣黑暗的題材很不討喜，對於不玩魔獸的讀者也不太公平。但是有很多感觸，如鯁在喉，我還是很任性的寫了。但也盡量克制不暴走血腥度（真照我腦海寫的真的太恐怖片了），但觸摸黑暗，並且深思復仇和殺戮的意義和底線，的確是很爽的事情。

（雖然沒有什麼意義）

對於不玩魔獸的讀者，就當成西方奇幻故事看好了，大概、也許、可能還能看懂（吧）。

微。

為什麼把這兩個故事湊成一本……我想是因為在書寫的心境上是類似的陰暗和幽

當成一個紀念，並且慶祝，我四十五歲了，能平安的老去，這是一種福分。

蝴蝶 2012/7/13

國家圖書館出版品預行編目資料

皇蛾 / 蝴蝶Seba 著. -- 初版.
-- 新北市：雅書堂文化, 2012.10
面； 公分. -- (蝴蝶館；57)
ISBN 978-986-302-081-3 (平裝)

857.7 101019052

蝴蝶館 57

皇蛾

作　　者／蝴　蝶
發 行 人／詹慶和
總 編 輯／蔡麗玲
執行編輯／蔡毓玲
編　　輯／林昱彤・黃薇之・劉蕙寧・詹凱雲・李盈儀
封面設計／斐類
執行美編／陳麗娜
美術編輯／徐碧霞

出版者／雅書堂文化事業有限公司
郵政劃撥帳號／18225950
戶名／雅書堂文化事業有限公司
地址／新北市板橋區板新路206號3樓
電子信箱／elegant.books@msa.hinet.net
電話／（02）8952-4078
傳真／（02）8952-4084

2012年10月初版一刷　定價240元

總經銷／朝日文化事業有限公司
進退貨地址／新北市中和區橋安街15巷1號7樓
電話／（02）2249-7714　傳真／（02）2249-8715
星馬地區總代理：諾文文化事業私人有限公司
新加坡／Novum Organum Publishing House (Pte) Ltd.
20 Old Toh Tuck Road, Singapore 597655.
TEL： 65-6462-6141　FAX：65-6469-4043
馬來西亞／Novum Organum Publishing House (M) Sdn. Bhd.
No. 8, Jalan 7/118B, Desa Tun Razak, 56000 Kuala Lumpur, Malaysia
TEL：603-9179-6333　FAX：603-9179-6060

Seba・蝴蝶

Seba・蝴蝶

Seba・蝴蝶

Seba・蝴蝶